早稲田出ててもバカはバカ

円山嚆矢

ぴあ

「お前は好きで生まれた
子どもじゃない」と叫ぶ母。
酒に溺れ暴力を振るい、
愛人に走るムショ帰りの父。
笑顔とは、幸せとは程遠い
そんなブラック家庭で育ちました。

親の金銭トラブルの後始末に追われ、
貧しさのあまり夜逃げもして、
最終的には家庭崩壊。
グレる暇もなく、自分を守る日々――。

そんな悲惨な環境にいながらも、
私には一縷の望みがありました。

「一流大学に入れば、人生は変わる」
「高学歴さえあれば、
この最低な環境からはい出せるはず」

通っていたのは三流高校。
さらに勉強などする余裕もなく
死んだように日々を過ごしていた私が
無謀にも目指したのは、
早稲田大学でした。

恵まれた学習環境にある
ライバルたちを横目に
寝食も忘れて意地だけで勉強し、
必死の思いでついに合格。

給付奨学金を得て4年間を過ごし、
念願の「学歴」を手に入れたのです。

有名大学卒という、夢にまで見た称号。
自分には明るい未来が待っている——。

そう信じて疑いませんでした。

しかし、私を待っていたのは
ブラック家庭と何も変わらない現実。
またしても人を人と思わず、
目の前のカネばかりを追いかけさせる
ブラック企業でした。

幼少期から映画が好きで、
「映像に携わる仕事がしたい」と
飛び込んだ制作会社では、
人権も何もあったものではない
ワイドショーのADを経験。

さらには、カネの誘惑に負けて、
欲望渦巻く、夜の世界へ。

風俗店の店長、風俗スカウトマン、
キャバクラの路上キャッチ（客引き）に
AV女優のマネージャー……。

オンナを商売道具にして
寝る間もなくカネを追いかけました。
業界の闇に染まり、クスリに溺れ、
人に言えないこともしました。

その後、多種多様な不動産ビジネス
ヘッドハンティング業などに従事するも、
人の目に怯え、時に人の道から外れ、
やはりカネを求め続けました。
流れ流れて、14業種。
死ぬ気で手に入れた学歴、
「早大卒」の肩書きとは何だったのか。

手元にカネがあふれた時期も、
心は決して満たされませんでした。
早稲田出てても、バカはバカ――。
学歴を得ただけでは、
何も変わらなかったのです。

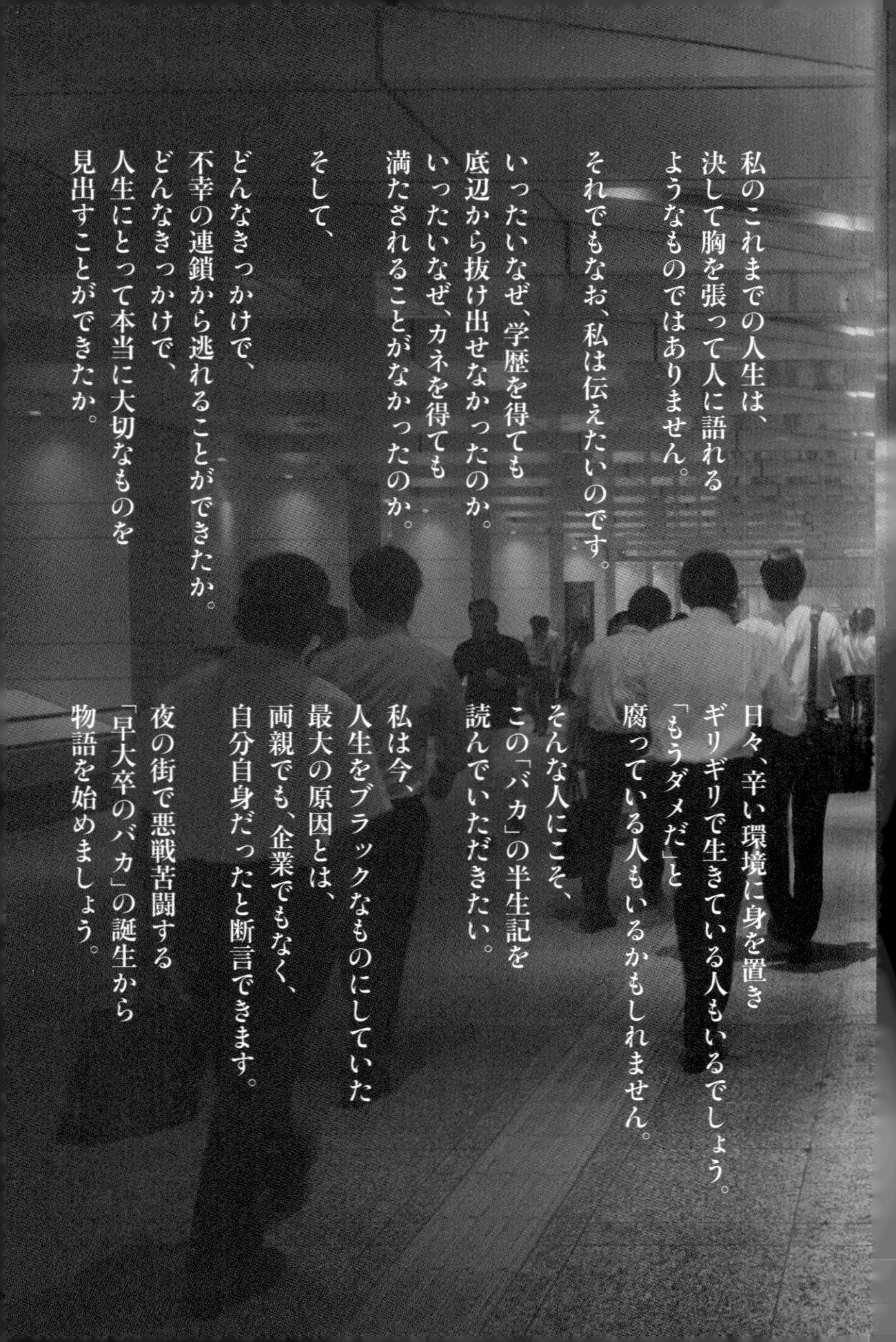

私のこれまでの人生は、
決して胸を張って人に語れる
ようなものではありません。

それでもなお、私は伝えたいのです。

いったいなぜ、学歴を得ても
底辺から抜け出せなかったのか。
いったいなぜ、カネを得ても
満たされることがなかったのか。

そして、

どんなきっかけで、
不幸の連鎖から逃れることができたか。
どんなきっかけで、
人生にとって本当に大切なものを
見出すことができたか。

日々、辛い環境に身を置き
ギリギリで生きている人もいるでしょう。
「もうダメだ」と
腐っている人もいるかもしれません。

そんな人にこそ、
この「バカ」の半生記を
読んでいただきたい。

私は今、
人生をブラックなものにしていた
最大の原因とは、
両親でも、企業でもなく、
自分自身だったと断言できます。

夜の街で悪戦苦闘する
「早大卒のバカ」の誕生から
物語を始めましょう。

装丁
金井久幸
［TwoThree］
撮影
Yuma Yamashita

第一章

早稲田まで出て、風俗店で働くバカの誕生

激務に疲れ切った体をクスリで覚醒させ、今日も夜の街に立つ。職業、風俗店店長。業界の闇に染まり、善も悪もなくカネを追い求める日々だ。絵に描いたようなブラック家庭に育ち、「学歴さえあれば、この底辺からはい出せる」という一念で早稲田大学まで出たのに、なぜこんなことになってしまったのか——。

三流高校から死に物狂いで合格した早稲田大学を卒業し、新卒で就職したのはとある映像制作会社だった。子どもの頃から憧れていた「映画に携わる仕事」ができると、意気揚々と乗り込んだものの、配属されたのは民放のワイドショー番組。考えてみれば、ここから「なぜこんなことに」の日々は始まっていた。

いわゆる番組AD、アシスタント・ディレクターという仕事は、今では死語となった感がある3K（キツイ、汚い、危険）の典型。徹夜、暴力、パワハラは当たり前の封建的な業界で、理不尽に殴られることも珍しくなかった。

「バカがいるから、オレが高い給料もらえるんだ（笑）」
「ADなんて家畜と思え！」

とは〝敏腕プロデューサー〟の言葉。搾取のある構造であることが隠されることもなく語られ、肉体的にも精神的にも追い詰められる。今なら裁判沙汰になるような劣悪さで、自殺者が出るほどの労働環境が、当然のように認められていた。

何より幻滅させられたのは、テレビ局の正社員と外部スタッフとのあまりにかけ離れた給与、待遇の格差だ。もともとの給与に大きな隔たりがある上に、多くの制作会社とは違い、局の正社員には多額の残業代が付くこともあって、同じ仕事をしていても1年目の年収が3倍近く違うこともある。

僻みもあったかもしれないが、テレビ局に入社しただけで「人生の勝ち組」と思っている連中はとにかく鼻持ちならず、この圧倒的格差社会を象徴するように、〝視聴率男〟の異名を取るプロデューサーが笑いながら平然と言い放った言葉が忘れられない。

「いいか、マスコミってのは〝正義〟が錦の御旗なんだよ。で、正義ってのは〝悪〟があって初めて成立する。ウルトラマンだって、怪獣という悪が居なきゃ、図体だけがデカい無用な長物に成り下がるだけだ。だからオレたちマスコミは、常に叩くべき〝悪〟に対して徹底して敏感にならなければいけないんだよ」

彼の理屈によれば、芸能人の他愛のない私生活を暴くことも、本人には何の罪もない犯罪者の親族を追い詰めることも〝正義〟であり、それを求める大衆が居るのだから、「マスコミのレベルが低いと感じるならば、それはマスコミじゃなくて日本人全体のレベルが低いということ」らしい。

その発想はどうなんだ、と勇気を出して意見したこともあったが、結局は来る日も来る日も芸能人スキャンダル、事件、ゴシップを追い掛け、望んでいた映画製作とはかけ離れた仕事に疲弊する日々が続いた。

もっとも、私はこの業界には毒されず、義憤に駆られマスコミの悪しき慣習と闘う……ようなことはまったくなかった。

業界に入った当初は民放キー局の看板番組ということもあり、外部スタッフであっても〝リサーチ、企画用の経費〟という名目で、かなりルーズな金の使い方が許されていた。これを利用しない手はないと、自分が読みたい本、聴きたいCDはすべて経費で落としまくり、DVDに至ってはTSUTAYAでレンタルした上、返却には1回5000円のバイク便を使っていた。私的に飲み食いした支払いも〝打ち合わせ費用〟として計上し、タレント送迎用のタクシーチケットも使い放題。新幹線に乗るときは、当然のようにグリーン車だ。とある先輩ADはさらなる猛者で、自分や友人の結婚式用のビデオ撮影に15万円の〝経費〟を投じ、ENGクルー（外部発注の取材部隊）を使っていた。

しかし、そんなバブリーな業界の恩恵を享受する蜜月も束の間、数年後にはそうした経費使用のほとんどが禁止に。同時にニュース、情報収集、音楽に動画と、インターネットがマスメディアの機能を代替するようになっていったことで、かつて「娯楽の王様」であったテレビが凋落しようとしていることに、はたと気がついた。

これほど非人間的な扱いを受けながら、業界は地盤沈下を起こし、経費乱用のメリットも享受できないのであれば、この業界に居る理由がない。時代の変化に気づき、私はシビアに転職を決断した。

翻って現在、極めて優秀だった仕事仲間たちは、激務だけは変わらず、年収は年々下がっていく悲惨な状況にあるという。

「オレもあのとき、お前みたいに見切りをつけていれば……」

不惑を前にして白髪だらけになり、別人のように変貌したかつての同僚がグチる。しかし、転職が本当に正解だったと言えるのか、その後に起こった数々の出来事を思うと、簡単には答えられないところである。

転職を後押しした、母の恐怖とIT業界への憧れ

転職に踏み切った理由は、テレビ業界の凋落以外にもいくつかあった。

一つには、母からのカネの無心が激しくなっていたこと。父を早くに亡くし、遺族年金だけで暮らす母への毎月の送金は、手取り20万円以下のＡＤでは、そもそも厳しい。大学時代、それまで貧乏だったことの憂さを晴らすように勤しんだ高額バイト――そこで蓄えた潤沢な預金を切り崩しながら送金を続けていた。

なぜそこまでするのか、と思われるかもしれない。生い立ちや母との複雑な関係は後述するが、ケツをまくったときの彼女の行動はまさに常軌を逸しており、もし送金が途絶えれば何をされるか分かったものではなかったのだ。職場に押し掛けられ、金銭以上の被害を受けるのは目に見えている。だから私は一度も定期送金を怠ったことがないし、臨時で求められても渋々ではありながらも応じてきた。しかし、それも限界に近づいていた。

一方で、もう少しポジティブな理由もあった。それは、テレビの凋落と表裏の関係にあるＩＴ業界の勢いに、無限の可能性を感じていたことだ。ここで成功すれば、ＡＤとは比較にならない収入が得られるはず。当時は若手のＩＴ起業家――ライブドアの堀江貴文氏やサイバーエージェントの藤田晋氏が時代の寵児となっており、私も彼らの著書を読み、多大な影響を受け

た。既得権益に立ち向かう姿に、まだプロデューサーに噛み付いていた頃の自分を思い出しもして、胸のすく思いだった。

余談だが、私の従兄が堀江氏と東大文学部の同級生で、駒場寮でも一緒だった。しかも、会社の共同経営を持ち掛けられたことがあるという。金儲けに一切関心がない従兄はそれを断り、学者の道へ。今も質素ながら幸せそうに暮らす彼によれば、

「アイツ（堀江氏）には強烈なバイタリティと先見の明、商売の才覚があった。成功すべくして成功したようなヤツだな」

とのこと。その話が強烈に印象に残っており、従兄に比べて野心家の私は、成長分野に飛び込んで、人生を大きく変えたいと考えるようになっていたのだった。

イチロー並みに稼ぐ男＝ゴトウ社長との出会い

そんなある日、大学時代の友人・マツイから「お前に会わせたい人がいる」と言われ、食事をすることになった。遊び仲間だと紹介されたゴトウ氏は、ＩＴベンチャーの社長だという。マツイには以前から転職を考えていることを話しており、この社長に私を推薦してくれたら

しい。ゴトウ社長はいかにもキレモノといった銀行員風の出で立ちで、唐沢寿明似の30代。数学教師を辞めて、当時伸びていたウェブ制作業と飲食店を展開する会社を都内で経営しているそうだ。

マツイはさらに、にわかには信じられないプロフィールを明かしていく。曰く、

「都内の高級タワーマンションの最上階と、さらに高級住宅街に一戸建てを所有」

「車はベンツとポルシェの2台持ち」

「年収はイチローと変わらない」

年収については今にしても確証はないが、後日、家と車については事実であることが判明した。暮らしぶりを見る限り、「イチローと同じ稼ぎ」というのもありえる話だと思う。

日をあらため、誘われるままにオフィス見学に出向いたところ、法律事務所も入っている立派なビルに案内された。社員はTシャツ&ジーンズのラフな服装でPCと格闘しており、いかにもITベンチャーという雰囲気が漂う。豪華に飾られた社長室に通されると、書棚にどっさりと並ぶディズニー関連の書籍が目を引いた。

「ディズニーの本、気になった？　サービス業の根幹を学ぶ上で必読の書なんだよね。どんな

仕事もすべてサービス業だと思って、オレは繰り返し読んでる。よかったら貸すから、読んでみてごらん？」

　絶妙なタイミングでアイスブレイクを仕掛けてきたゴトウ社長は、間髪入れずに続けた。

「それで、カネが欲しいんだって？」

「……はい」

「どうして、そんなにカネが欲しいの？」

「片親で母が遺族年金だけでは暮らしていけず、一人息子の私が仕送りをしなければならないのですがＡＤの給料では苦しく、業界の先行きにも不安を持っているからです」

　私は正直に答えた。ゴトウ社長の眼が光る。

「なるほど。確かに君が言う通り、これからはインターネット経由で情報を入手する人がどんどん増えていくのは確実だ。必然的にテレビを観る人は少なくなり、局の業績は悪化していくだろうね。それでも高給は維持したいから制作費は削減され、君たちのような下請けはさらに厳しくなるよ」

「まったく同感です」

「君がいる業界は、減っていくパイを取り合い、血で血を洗うレッドオーシャンだよ。それに比べて、われわれの業界はこれから無限に伸びていくブルーオーシャンだ。今なら、確実に先行者利益が取れる。君みたいにカネを稼ぎたいという目的が明確で、しかも親御さんを養わねばならないという逃げ道がないヤツ、オレは好きだね」

あくまでもロジカルに、淡々と。物事の本質をいとも簡単につかむような口ぶりは、若くして事業を成功させた才覚を雄弁に物語っているように思えた。

「マツイくんから、君は体力もあり、精神力も強いと聞いている。おまけにガムシャラに働く男だそうだね。失礼ながら見た目は中性的な優男にしか見えないんだけど、自分ではどう分析しているの？　正直、オレの第一印象は〝痩せていて喧嘩の弱そうな、育ちのいいＮＨＫアナウンサー〟というところなんだけど」

「子どもの頃から体は丈夫な方で、学校は休んだことも早退したこともないです。社会人になってからも体調不良で仕事を休んだことは一度もありません。今の仕事は２日徹夜も当たり前で正直キツイですが、耐えることができています」

「いいね！　オレはそういう土台の強い人間を求めているんだよ。最近の若いヤツは、頭ばかり大きくて、苦労をした経験がないから打たれ弱い。成功するために大切なのは何よりも、強い精神力だ。君は封建的な業界で徹底的に打たれてきたのが逆によかったんじゃないか？　業界の専門知識なんて後からいくらでもついてくる。君は早稲田を出ているんだから、その辺の吸収も早いだろう」

やりとりは2時間ほど続き、これまでの不遇な幼少時代から現在に至る道筋を赤裸々に白状した（詳しくは後述するが、私はゴトウ社長が漏らした「育ちがいい」とは無縁の幼少期を送っている）。一通り話を終えた後、社長は私のことがたいそう気に入った様子で、事業への熱い思いを語り続ける。そしていよいよ〝クロージング〟（商談、契約をいよいよ成立させる段階）に持ち込んできた。

「今の仕事を冷静に考えてごらん。それだけの激務、理不尽な仕打ち、徹夜の連続——それに見合うだけの給料なの？　時給に換算したらいくらになる？　コンビニのバイトより安いんじゃない？」

図星だった。社長のあまりにスマートな語り口、巧みな話術に少しは警戒もしていた頭が、ハンマーで殴られたようにクラクラしてくる。

「仕事はその対価となるカネで評価されなきゃいけない。ウチの会社は、やったらやった分だけもらえるシステムが構築されている。君がもし来てくれるなら、固定月給50万からスタートしよう。それはあくまでベースで、働きに応じて随時昇給、ボーナスも取らせる。支度金として月給1ケ月分、この場で渡すよ。今すぐ返事が欲しい。どう？」

（固定月給50万スタートだって⁉）

是非に及ばず。その金額は薄給のＡＤは当然のこと、同世代のまっとうな会社員と比較しても破格だった。こうなると、もはや思考停止状態である。私の心は、見事に買収されていた。

「お受けします！　ぜひよろしくお願いします」

「ありがとう！　オレは君と心中する覚悟で仕事をするよ。だから君もどんなに苦しいことがあっても弱音を吐かず、止まらず、進み続けてほしい。約束できる？」

「約束します」

社長は茶封筒に入った支度金50万円を私に差し出し、さらに自分の財布から10万円を抜いた。

「いいから何も言わずに、これでお母さんに何か買ってあげて。オレたちは、これから苦楽をともにする家族なんだからさ」

加えて、社員寮として借りていた会社から徒歩圏内のワンルームマンションを格安の家賃で貸してくれるという。世知辛い世の中で、ここまで親切にしてくれた人は、ブラック家庭の惨状を知る親戚以外にいなかった。社長に心酔し切った私は、速やかにADの仕事を辞め、引越しを済ませた。

「またゼロから新しいことを始められるんだ！」

奇跡的な出会いに感謝し、前途洋々たる未来を信じた。入社日にオフィスへ向かうその足取りは、思わずスキップしたくなるほど軽かったのを覚えている。

数時間後、絶望することになるとは知らずに。

「完落ち」――学歴社会を盲信した男の末路

「ようこそ、待っていたよ！」

入社初日。満面の笑みで私を出迎えた社長と1時間ほど雑談をした後、突然、奇異な質問が投げかけられた。

「唐突だけどさ、八百屋と風俗店の商売って、同じようなものだと思わない？」

「はい？」私は動揺しながら答えた。「どういう意味でしょうか」

「いや、急だったね。質問を変えよう。ディズニーの本、読んだよね。感想は？」

「えっと、おもてなしの精神というか、社長がおっしゃっていたサービス業の根幹にあるものを垣間見ました。なぜディズニーランドにあれだけ絶え間なくお客さんが入るか、掃除にそこまで深い意味があるとは知りませんでしたし、あらゆる業界に通用する普遍的な法則を感じました」


これまた予想外の変化球に動揺し、凡庸な回答しか浮かばなかった。

「なるほど。ちゃんと読んだんだね。いろんなヤツに一方的にあの本を渡してきたけど、入社する前に読んでくる人間は半分も居ない。でも、今の回答はギリギリ合格点、ってとこかな。その通り、掃除を侮ってはいけないよ。オレも飲食店をやっているけど、継続して儲かっている店でトイレが汚いところを見たことがない。現場にいるときから、掃除は率先してやってきたよ」

この人は一体、何を言っているのだろうか。八百屋に風俗店、ディズニーに掃除……矢継ぎ早に脈絡のなさそうなキーワードが並び、私の頭は混乱し切っていた。社長はさらに畳み掛けてくる。

「で、先ほどの話。八百屋と風俗店だけど、商売の本質は何も変わらないとオレは本気で思っているんだ。この意味が分かる？」

「いいえ、検討がつきません……」

「今はそれでいい。じきに分かる日が来る。答えを先に言っちゃうと、キレイなお店にキレイな商品が並んでいて、優秀なスタッフが優れたサービスを提供してお客さんに喜んでもらう。商品が野菜かオンナの子か、それだけの違いじゃない？」

「はあ、言われてみれば確かにそうかもしれません」

「実はね、ウチの創業ビジネスはオンナ商売――キャバクラ、風俗なんだ。落ち着いて聞いてほしいんだけど、そこで成功して地域でナンバー1の地位を築いて、その資金を飲食店、AV、アダルトサイト、そしてこのウェブの会社に投入して、多角経営で成功を収めているワケ。ちょっと刺激が強かったかな？」

言葉が出なかった。なぜ元数学教師が風俗店を？　というか、ITベンチャーの本業が風俗店？　意味が分からず、錯乱寸前だった。

「隠していたことは謝るよ。でも、オレはどうしても君が欲しかった。このウェブ会社で培ったノウハウをオンナ商売にも活用して、これまでのようないかがわしいものではなく、まっとうなビジネスとして全国展開するという夢がある。そのためには、今のスタッフじゃダメなんだ。君のような、心技体が揃っている人材じゃないと！」

頭はボーッとしていたが、風俗、キャバクラ、ＡＶなどを総称して「オンナ商売」という表現を使っていたのが印象的だった。

「パチンコ屋のマルハンがなぜ、あそこまで社会的地位を築き、成長したか知ってる？　今のオレと同じように世間から〝いかがわしい商売〟と白い目で見られがちな風潮を変えようと、早稲田をはじめとする一流大学の学生を死に物狂いで獲得してきたからなんだよ。そういうエリートが今や幹部となり、同世代と比べ物にならない高い報酬を得て、いい暮らしを実現してる。本気で世の中を変えるって、そういうことじゃない？」

元来、感化されやすい性格のため、私はまんまと社長の論法にハマり、説得力を感じ始めてしまっていた。

「世の中からオンナ商売がなくなることは、絶対にない。なぜソープランドが合法的に営業できるか？　性欲のはけ口がなくなったら、性犯罪が増えちゃうでしょ。国も公言はできないけれど、必要悪として認めているんだよ。オレは海外にも視察に行ったけど、ヨーロッパでは性産業に従事しなければ学校に通えない女性が大勢いて、日本ほどには差別されない。これは、やり方次第で十分に社会貢献できるビジネスなんだ。ちょっと前は〝赤線地帯〟といって政府が公認していたし、もっと遡れば、江戸時代には吉原の花魁が教養のある社会的地位の高い女性として認められていたでしょ？」

一方的な社長の熱弁に食傷気味になり、一区切り付けたくなった。

「……それで、僕はいったい何の仕事をすればいいのですか？」

「うん。実は今度、新店舗をオープンすることになってね。君には初めから店長として、店を仕切ってもらいたい。部下は3人付ける。在籍している女性は20～30人くらいかな。実務に関しては系列店の店長が二人居るから、彼らに教えさせるよ。おそらく君なら、すぐにノウハウを吸収できるはずだ」

「要はＩＴ企業で働くのではなく、ＩＴ技術を積極的に採り入れた風俗店で働け、と……」

毅然とした態度で言い放つ社長の話の腰を折るように、私は正論をぶつけた。

「まあ、話を最後まで聞きなよ。ウチはれっきとしたＩＴ企業であることも事実なんだ。ちなみに最近ちょっと有名になってきた○○ってデザイン会社、実はウチが経営してるんだぜ。知らなかったでしょ？」

大通りに事務所を構え、メディアでもよく目にする気鋭の企業だ。驚く私を尻目に、回転式の高級革イスに腰掛ける社長は、悠々とセブンスターの紫煙をくゆらせ、不敵な笑みを浮かべる。

「ウチには優秀なプログラマーも、デザイナーもカメラマンもいる。オンナ商売の方のホームページを見れば、どれだけ秀逸なウェブサイトか理解してもらえるはずだよ。泥臭いオンナ商売にこのＩＴノウハウを存分に活かしたいのだけど、今はそれをできる人材がいない。君には幹部候補としてすべてを学んでもらいたいんだよ。まずは現場の一番泥臭い仕事を知ってもらわないことには、何も始まらないでしょ」

（早稲田を出たこのオレが、風俗店で働く……？）

底辺からはい上がろうと必死で学歴を得た自分にとって、「風俗店勤務」という言葉はかなりショッキングなものだった。制作会社のＡＤだって、実情はどうあれテレビ番組というメジャーなものにかかわる、〝人に話せる〟仕事だったはずだ。前職に思いを馳せる私の頭を見透かしたように、社長が畳み掛ける。

「ワタミの創業者だって飲食店の経営者を志しながら、あえて佐川急便のセールスドライバーやったり、一般企業の経理マンやったりしているわけだ。東大卒でテレビ局に入った新人だって、最初は徹夜続きのＡＤ生活でしょ？　急がば回れなんだよ」

よく分からない理屈だったが、やはり妙な説得力がある。そして最後には、こんな言葉が掛けられた。

「それとね、君は顔がいい。実はオレが一番気に入ったのは、君の顔なんだよ。前に〝ＮＨＫのアナウンサーみたいだ〟と言ったように、君は人から警戒されにくい、穏やかでソフトな雰囲気を持っている。一見して、君が悪いことをする人間だと思う人は、おそらくいないだろうね。この業界は見るからに胡散臭いヤツが多い。世間から信頼が得られにくいこの世界でこそ、君のルックスは必ずアドバンテージになるよ。オレは初めて会ったとき、ピンときたんだ。〝鍛え上げれば、コイツは絶対にモノになる〟ってね」

人を口説くのが巧い人だった。目力があり、強気に迫られると押し切られてしまいそうになる。こうして何人ものオンナや従業員を口説いてきたのだろう。

加えて、私の場合はすでに支度金を受け取っており、職場まで歩いて行ける距離にマンションを用意され、母親のためにと10万円も渡されてしまった。そう、最初から逃げ道は塞がれていたのだ。

「分かりました。やります」

私は完落ちした。

その後、やり手として社長からの寵愛を受けていた二人の系列店店長を紹介された。ひとりはラルクアンシエルのボーカル・ｈｙｄｅにそっくりの超イケメン＝イシザカ、もうひとりは槇原敬之と瓜二つで、前歯が２本抜けたツチヤだった。イシザカは身長こそ低いものの男が見ても惚れ惚れするような甘く端正なマスク、ツチヤはどう見てもモテそうには思えない冴えない顔で、あまりに対照的なことに面食らった。

「二人ともいいヤツだから、何でも聞いてやって！」

にこやかな彼らとは対照的に、私は、学歴を得て白に変わりつつあった人生のオセロが、再びパタパタと音を立て、黒に変わり始めたと感じていた。学歴社会を盲信した男の哀れな末路――浪人までして入った大学は、一体何だったのか。こんなことになるのなら、高卒で手に職をつけたほうがマシだったのではないか。しかし、貯金はみるみる減っており、今から支度金などを返上し、再び転職活動をする余裕は残されていなかった。

（もう引き返せない。どうせやるなら、とことんカネを稼ごう）

退路は断たれ、激動の日々の幕が上がった。

第二章

早大卒のスカウトマン、路上キャッチで脚光を浴びる

こうして私は憧れのIT企業……ではなく、「IT技術を積極的に採用した（しようと考えているらしい）風俗店」で働きはじめた。

覚悟はしていたが、ゴトウ社長は私にスタートダッシュを求め、最初から過酷な試練を課してくる。路上での「源泉営業」――すなわち、路上で女性に声をかけ、キャバクラ、風俗で働くことを了承させてこい、というのだ。学生時代から女っ気が乏しく、ナンパすらろくにしたことがない男が路上キャッチで成果を上げるなんて無理がある。「なぜ自分がこんなことを」というプライドも邪魔をして、葛藤は大きかった。

考えてみれば、大学の同期の多くは一流企業のサラリーマン、あるいは公務員として順風満帆な日々を過ごしている。一方で、流されるままに裏社会に足を踏み入れてしまった自分。「情けない」を通り越して、そのままふらりと三途の川を渡りかねない気分だ。

しかし、カネが必要な私に選択肢はない。

「オレも路上からスタートしたんだ。君は幹部候補なんだから、これくらいはすんなりクリアしてもらわないと困るよ」

社長からそう発破を掛けられるとともに、次のようにアドバイスされた。

服装は紺かグレーのスーツで、証券マンが持ち歩くような革鞄を持ち歩くこと。髪型も変わりなく地味なスタイルで、明るく染めたり伸ばしたりしないこと。そして、笑顔ではなくマジメな表情で、敬語で話しかけること――つまり、チャラチャラした一般的なキャッチとは違う、品行方正なイメージを武器にしろというのだ。「この業界で、君のルックスはアドバンテージになる」との口説き文句が思い出された。

「若さをお金に換えられるのは今だけです！　自分の夢の実現のために投資するお金を最短で稼ぐことができます」

「卑しい職業と思うか、自己実現のための一過程と思うかは本人の気の持ちよう次第です。人生をポジティブに捉えるか、ネガティブに捉えるかの違いです」

「〝貧すれば鈍する〟と言いますが、お金を稼ぐと見える景色が変わってきます。悲しい現実ですが、世の中の大抵のことはお金でカタが付いてしまうのです。お金に振り回される人生ほど虚しいものはありません。とにかく稼いで人生を変えてください」

「貴女は自分の市場価値を分かっていない。ウチのお店に来て飛躍するべきです」

「今やAVメーカーにも大卒が入社する時代に変わっています。現に給付奨学金をもらい、特待生として4年で早稲田を卒業した私が、こうして夜の商売を胸張ってやっています。自分の夢のためにお金がどんどん貯まる充実した日々を送っていますよ」

――そんな言葉を投げ掛けながら、自分を洗脳した。本気で風俗やキャバクラで働くことが、そのオンナの子にとって幸せなことだと自分に言い聞かせた。そうして相手の目を見て真剣に話すと、10人に1人はタレントのスカウトと勘違いして話を聞いてくれる。

当然、風俗・キャバクラと知った途端に逃げられてしまうことがほとんどだったが、それでも1ヶ月で5～6人のオンナの子をクロージングまで持ち込んだ。これは敏腕スカウトマンと同等のパフォーマンスだったと自負している。

期間限定のガムシャラさがうまく転び、またビギナーズラックという側面もあったと思うが、そもそも時代がよかった。私が試用期間としてスカウト活動を敢行したのは、東京都の条例で路上スカウトが禁止されるギリギリ前で、まさにやりたい放題だったのだ。繁華街の路上のみならず、ターミナル駅の構内にも、獲物を虎視眈々と狙うスカウトマンたちが溢れる。彼らの餌食となったオンナの子たちは、次々と夜の世界に沈められていった。

そのような状況だから、この頃はハタチ前後の若造がバイト感覚で始めたスカウトに味をしめ、独立して「スカウト会社」を立ち上げる例が後を絶たなかった。スタートアップの資金はほとんど必要なく、仕入れ代もゼロ。オンナの子のレベルによって差はあるが、ハイレベルな子なら月収の15％がスカウトマンに支払われる、というのが相場だった。キャバクラ・風俗で月収100万円を超える子などザラにいる。仮にハイレベルな子を10人も捕まえれば、あっという間に手取りで月収150万——オンナ好きのナンパ野郎にとっては、最高のバイトだったのだ。当時はベンツやポルシェに乗っている学生スカウトもよく見かけた。

雨後の筍のごとく、次から次へと生まれるスカウト会社。トラブルは付きもので、「シマ＝縄張り」が細かく設定されていた。私が活動していた某所でも、ひとつの通りを境に「ここから先は◯◯のシマだから、絶対に踏み込んではいけない」と教え込まれていたが、無我夢中でスカウトに精を出す中で、その一線を超えてしまったことがある。

「オマエ、どこのガキだ？　誰に断ってこんなところでオンナに声かけてんだよ。どこのシマだか知ってんのか？」

「イヤ、僕は◯◯というお店のスカウトなんです。気付かずにすみません……」

「オマエみたいなお坊ちゃんがスカウトだと？　ホラ吹くな！　◯◯なら、社長はゴトウだな。すぐに電話しろや！」

そんな風にツメられ、社長に何とか収めてもらった。「スカウト会社」と言っても実態はチンピラのようなもの。一歩間違えば危険だったが、そんなことに気が回らないほど必死になり、業界にのめり込みつつあったのだ。

オンナを風俗に沈める「必勝パターン」

幹部候補としての地獄の特訓、試練を与えられた私は、夜の街に立って客引きにも明け暮れていた。私は路上スカウトだけでなく、この客引きでも成果を挙げることに成功する。

「お忙しいところすみません。私は近くの○○という店の者です。価格は安くありませんが、女性のクオリティは保証します。一度、見学に来ていただけませんか？」

「ウチのお店には、キャストの採用について5段階基準があります。容姿・スタイル・話し方・ファッションセンス・教養・真心サービス……そのどれもが4以上でなければ、採用しません。容姿だけじゃなく、接客も指導しているので優れています。他のお店でここまでやっている所はありません」

「私のようなケンカの弱いザコがお客様を騙してボッタクリをしようものなら、そちら様に半殺しにされかねません。ですから、それなりの覚悟があってお声掛けさせていただいています。もし、ウチのお店を見学されて気に入らなければ、責任を取って他の店を紹介させていただきますので！」

路上スカウト、さらに客引きの成功の要因は、やはり「人と違うことをした」ことだろう。

見た目は弱々しく、決してイケメンではない。それがゴトウ社長に見込まれた部分でもあり、事実、実際以上に気弱でマジメなキャラクターを演じることは功を奏した。そもそも、他のスカウトマンと同じ芸当で成果を挙げるほどの器量はなく、

「キャバクラ・風俗興味ない？」
「カネ、欲しくない？」
「もっと稼げる店あるよ！」
「オレの話、ちょっとでいいから聞いてくんない？」

といった、路上で飛び交うナンパの延長のような勧誘フレーズを使っても、足を止めてくれる人は皆無だった。

加えて思いのほか役立ったのは、テレビ業界で働いてきた経験だった。一般には知られていないが、有名な女性タレント、女子アナには風俗・キャバクラの経験者も少なくない。それは蔑まれるべきことではなく、彼女たちは夜の商売を通じて対人スキルや教養、したたかさを身につけており、成功へのステップになっていた。

そう考えた私は、まずは芸能スカウトとしてアプローチし、女性に耳を傾けさせてから、ゴシップ雑誌のコピーを手に、次のように話を展開していった。

「水商売に偏見を持たないでください。あまり知られていませんが、今や第一線で活躍している女優の△△さん、□□さんだって、下積み時代はヌードモデルだったんですよ」

「そんなのウソでしょう？　聞いたことがないわ」

「メディアでは明かされていませんが、本当ですよ。AV女優から人気タレントになった飯島愛さんのように、過去が知られているケースはレアですが、実は氷山の一角。有名女優がポルノからスタートすることは珍しくないんです。ほら、この雑誌の記事を見てくださいよ。あんまり知られていないけれど、大物女優の彼女だって、ポルノ映画でデビューしているでしょう？僕はテレビ局で働いたので、有名な話でしたよ」

「知らなかった……」

「ね？　女子アナだって、キャバクラ出身者がこれだけいるんです。逆に言えば、キャバクラを経験しているからこそ、厳しい競争を勝ち抜くスキルを身につけることができた。一生続けるわけではないですし、経験してみる価値は十分ありますよ」


あるいは、風俗店への勧誘なら次のように。

「◯◯っていう有名な芸能プロダクション、知ってます？　スターがたくさん在籍していますが、実のところ、売れるまではエグゼクティブを相手にした枕営業が必須なんです。下積み時代にやっていることは、高級デリヘル嬢と何も変わらない。でも、自分の夢のために、自分の武器になるものをすべて使うことの何がいけないのでしょう？　誰にも迷惑は掛けませんよね。そういう覚悟や努力があってこそ、彼女たちは活躍できているんです。しかも、誰だってできることじゃない。神から授かった恵まれたルックスを持つ――まさに貴女のような人しか、挑戦権は与えられていないんですよ」

そうして「小さなイエス」を引き出し、業界未経験者はハードルの低いキャバクラの体験入店に誘う。そこで合わなかった子は風俗に回し、初日の体験入店で店側の協力を仰ぎ、必ず高額を稼がせて、そのまま正式に入店させる――これが私の必勝パターンだった。

異色のスカウトとして脚光を浴びる

独自の手法が成功し、私の噂は周辺で広まっていったようだ。

「ゴトウさんの店に変わった新人がいるぞ。しかも、かなりやるらしい」

「スカウト報酬なしの研修でやっているんだってな。やたらと芸能界の事情に詳しく、その話でオンナに興味を持たせているらしいぜ。変わった野郎だ」

基本的に、路上スカウト・キャッチの類は「ノリと勢い」が重視され、半ば強引に店に連れていくのが通例だった。そのため、私のようなタイプは「珍しい／人と違う」どころか明らかに異端であり、注目を浴びることになった。当初の葛藤はどこへやら、「後がない」との思いから発揮された火事場の馬鹿力は、いつしか周囲を驚かせるほどの成果を生み出してしまったのだった。当時の自分が本当に今と同じ人間なのかと疑いたくなるほど、でまかせに近い言葉が口から溢れ、必死に人を説得していた。

映画『ロッキー4』に、ロッキーとライバルのアポロがかつての死闘を収めたビデオを観ながら、

「歳を取った今のオレたちに、あんなマネができると思うか？」

と語り合うシーンがあるが、体力はもちろん、普通ではありえないほどの精神の昂ぶりがあってこその死闘だったのだろう。私も同じで、ようやく少しは安定した精神状態で当時を振り返ると、二度とあんなマネはできないと思う。

話を戻そう。路上スカウトとして成功した私は、「こんなことが何の役に立つんだ」と思っていた芸能情報が成果を生み出したことに驚きながら、「人と違う部分、コンプレックスすら長所に変えることができるのだ」と、あらためて心に留めた。

ワイドショー時代の私は職業柄、ほぼ毎日、一般紙は当然のことスポーツ紙6紙、タブロイド紙2紙に目を通し、ＦＬＡＳＨ、ＦＲＡＩＤＡＹ、文春、新潮、現代、ポスト、女性自身、週刊女性、女性セブン……と、週刊誌はくまなくチェックして、芸能ネタというどうでもいいことに精通していた。「早稲田まで出て、何をしているんだ」と思い悩んだが、人生にムダなどないということか。もしかしたら、風俗店勤務、路上スカウトというあまりに不本意な身分も、何かのステップになるのかもしれない――スカウトでオンナの子たちに嘯いていた話に自ら取り込まれるように、そんな前向きな気持ちも芽生え始めていた。

もっとも、結果として風俗業界の闇にのみ込まれ、多くの過ちを犯すことになってしまうのだが……。

風俗王の哲学　凡人が勝負するとき、最も大切なことは――

「やっぱり、君はオレが見込んだ通りのホンモノだ！」

ゴトウ社長は路上スカウトで脱落しなければ見込みありと踏んでいたようで、「自分の目は間違っていなかった」とばかりに、私の第一関門突破を喜んでいる。そして、無報酬の試用期間だったはずが、特別ボーナスという名目で50万円を手渡された。

「スカウトバック（スカウトマンに支払われる報酬。相場は女性の月収の10％程度）じゃないけど、これは特別報酬ということで受け取ってくれ」

「ありがとうございます！」

（ああ、自分がやったことが正当に評価されている……）

社会人になってから一番、嬉しい瞬間だったかもしれない。自力でカネを稼ぎ出す楽しさ、嬉しさが骨身に染みた。そんな私をさらに鼓舞するように、社長は続ける。

「オレも同じように現場からはい上がった男だ。この程度で潰れてしまうんじゃ、とてもじゃないが本当の金持ちにはなれないよ。これまで多くの人間が、オレのところに甘い夢を見て近づいてきた。口では『気合いは負けません！』なんていきがっていても、たいていはこうやって試練を与えると挫折するんだよ。楽してカネとオンナをモノにしようなんて、そんな甘い世界じゃない。ホント、よくやったよ」

社長自身、数学教師を辞めてから裸一貫で路上からスタートし、努力で成り上がった男なのだということを、このとき、初めて理解した。後に知った話ではあるが、ゴトウ社長は都内某所で〝風俗王〟の異名を取り、その名を轟かせていたという。

普段は笑顔を絶やさない温和な風俗王だが、このときばかりは厳しい表情で私に業界で生き残るための術を説いてきた。「コイツはモノになる」と、本気で考えてくれたのだろう。

「いいか、よく聞け。オレもオマエも天才じゃない。凡人のオレたちが一発逆転を狙って勝負するときに一番に心掛けるべきこと。何だと思う？　それは『捨てること』だ。寝ること、食べること、スポーツをすること、趣味を持つこと……有限の時間の中で、アレコレと無闇に手を広げていては、ここぞという勝負に勝つことはできない。一番大切で、一番難しいのは、この『捨てること』なんだよ。本当に欲しいものがあるなら、必要なこと以外、すべてを捨て去る勇気と決断力を持て！」

私はこの言葉に深く共感してしまった。後述するが、自分が三流高校から独学で早稲田大学に合格したのは、一定期間、まさに世捨て人になって受験勉強に集中したからだった。この人の言うことは、間違っていない――。

「人生を変えたけりゃ、カネ持ちになりたけりゃ、オレの言う通りやってみな」

「はい！」

こうして私は、すべてを捨ててカネを追い求めることになる。

第三章

クスリ、強姦、ヒモ……
風俗の世界に染まっていく自分

風俗店での初めての業務は、忘れもしない。月曜日の午前10時、仕事が入ったオンナの子を待機部屋まで呼びにいくことだった。

「すいませーん！」

おかしい。オンナの子がいるはずの待機部屋には誰もいなかった。

「あれ？　アンリさん、お仕事入ったんですけど。いませんか？」

すると、少し遠い声が返ってきた。

「いま、トイレでローションを仕込んでるの！　ちょっと待っててー！」

数分してトイレから出てきたアンリは、20代ではあるものの、私よりも年上で2児の子どもを持つシングルマザーだった。

「今日からお世話になります！　本指名（リピーター）のお客様が待っているので、よろしくお願いします」

「社長から聞いてるよ！　あなた、期待の新人なんだってね。カワイイ！　頑張ってネ」

そう言うと彼女は、私の頬を両手で挟み、じっと目を見つめてきた。緊張して目を合わすことができない。

（この人、子どもがいるんだよな……。ダンナは何をやっているんだろ？）

アンリは私を「カワイイ」と言ったが、確かにまだ「ウブ」なところがあったのだろう。しかし、そんな感覚も徐々に失われていくのだ。

そこから先はイケメンの先輩、イシザカに付いて仕事を覚えていった。彼は九州出身で、中学卒業後は大工の見習いをしていたらしい。あることが原因で親方と衝突し、殴り掛かって重傷を負わせ、少年院へ。その後はカード詐欺、ゴト師、闇金融……と、裏の世界にどっぷり浸かり、持ち前のルックスとオンナの子を操る才能を最も活かすことができるという理由で、夜の商売に落ち着いたそうだ。そこからは水を得た魚のように大暴れし、ゴトウ社長の信頼を得るのに時間はかからなかった。

今にして思うことだが、風俗店経営の極意は「オンナの子を集め、管理し、しっかり出勤させること」に尽きる。非常にシンプルで当たり前のことのようだが、広告や料金体系、男性従業員の接客態度、店内のレイアウト、清潔感などは、重要そうに見えて二の次だ。まずはキャストである女性をいかに集め、増やすか。一般的な仕事に置き換えると「仕入れ」と「在庫管理能力」ということになるが、これが他の業種と比較にならないほど、優先度が高い。ゴトウ社長は「風俗店と八百屋は同じだ」と言ったが、いくら接客がよく、店がきれいでも新鮮で美味しい野菜が並んでいなければ、商売繁盛は望めない。その上、風俗店の商品は生身の「オンナの子」なのだから、それを管理する人心掌握術が、圧倒的にモノをいうのだ。スカウトマンが口八丁手八丁で連れてきたオンナの子を店につなぎ止めるには、ナンパ師以上のスキルが必要になる。

その点で、イシザカは天賦の才を持っていた。ただでさえ激務の中、どこにそんな時間があるのかと大いに疑問だったが、彼は毎日のように、店で働くオンナの子とデートをしていた。けっしてトラブルは起こさず、キャストの全員がイシザカに惚れており、何と全体の2割がそのまま彼の愛人になっていた。自身の家は持たず、複数のオンナのマンションを泊まり歩き、カネも相当、貢がせていたようだ。いつも違うオンナの子がアイロンがけしたイニシャル刺繍入りのシャツとブランド物の高級スーツを身にまとい、コロンの妖しい香りとともにさっそうと現れる。その姿がまったく絵になっていて、疲れた様子を見せたことはなかった。

ゴトウ社長と同じく、彼も私を気に入ってくれたようで、気さくに話し掛けてくる。

「いやあ、オマエはすげえよ。久々に骨太なヤツが来たって感じだな。自爆覚悟、体当たりの路上スカウト、スゴかったらしいじゃん。あんなのオレにもできないわ。自慢できるよ。『中卒のオレが、ワセダを出たヤツに仕事を教えてるんだぜ』ってサ」

経歴はまさにブラックで、スーツを脱げば全身刺青だらけの完全なアウトロー。一人で歩いているときはカミソリのように鋭く、近寄りがたいオーラを放っているが、こうして話すと、子どものようにあどけなく、人懐っこい表情を見せる。不思議な魅力を持った男で、私は気が付けば、兄弟のように親しく付き合うようになっていた。そのことが、私をさらに深い闇の世界に誘っていくことになったのだ――。

ある日、イシザカが〝色管理〟して働かせているオンナの子の一人をつれて、私の家にやってきた。華原朋美似の美人で、予約が殺到し一見の客ではなかなか遊ぶことができないほどの人気嬢だった。名前はジュンといった。

「今日はスッゲーいい〝ネタ〟、オマエのために持ってきたゼ」

「ネタ……？　何か面白い話があったなら、聞かせてくださいよ」

「違うよ（笑）。もっといいモンだ」

そう言って彼がポケットから出したのは、ビニールに入った透明な結晶だった。

「え⁉　コレ、何かヤバいクスリなんじゃないですか？」

「エスだよ、エス。〝清涼剤〟ね。ワセダ出てても案外、世間知らずなんだな。オレはコレをやってるから、いつも元気なワケ。芸能人の△△や□□も愛用してて、同じルートから仕入れてんだ」

「……」

「心配すんなって！　芸能人だって誰も捕まっちゃいないし、注射で打つシャブと違って、エスは煙を吸うだけなんだから。タバコと大して変わんねえよ」

SPEEDの頭文字を取ってエスと呼ぶのだと、イシザカは説明した。彼は結晶をアルミホイルの筒で炙り、煙を吸ってみせる。恍惚の表情が、半ばトリップ状態でステージに上がり、ファンを魅了するカリスマボーカリストと強烈に重なり、思わず見とれた。

決して広くないマンションのワンルームが、経験したことのない独特な臭気で満たされていく。そんな非日常の中で、隣を見ればミニスカートから伸びた生足。イシザカは悪趣味で、ジュンに下着をつけさせないという。彼女が映画『氷の微笑』のシャロン・ストーンのように、脚を組み替えて挑発してくるのだ。ゴトウ社長から〝成功のためにすべてを捨てろ〟との訓示を受けたこともあり、私は業界に身を投じてから、一度も女性を抱いたことはなかった。もちろん、欲求は少なからずあり、店のオンナの子に思わず欲情することもあったが、イシザカからは「社長のお気に入りのキャストに手を出してマグロ漁船に送り込まれた従業員がいた」と聞かされており、手を出すことはできない。

(この魔性のオンナ、自分の彼氏の前で一体、どういうつもりなんだ?)

まさに生殺し状態の私に、イシザカが語り掛ける。

「ホラ、オマエも試しに吸ってみなって」

「いや、タバコも体調が悪くなって止めたのに……」

「ハハ！　路上ではあんな大胆なことができるくせに、臆病なんだな！　オレなんて毎日バカバカやってるけど、調子が悪くなったことなんてないゼ？」

私はあまりに浅はかな知識を頭の中に広げ、イシザカの誘惑に傾いていった。覚せい剤は注射で打つもので、白い粉末だったはず。この人は映画やマンガで見るヤク中と違って目の下にクマもないし、健康そのものだ。確かに危ないクスリじゃないのかもしれないし、タバコだって止められたんだから、仮にハマっても抜け出せるだろう……。

最後に私の背中を押したのは、「イシザカのようになりたい」という思いだった。彼がオンナの子を自在に操ることができるのは、クスリに秘密が隠されているのかもしれない。学歴社会からドロップアウトし、この裏社会のサバイバルに打ち勝って成功するためには、一線を越えて、彼のように理屈を超越した能力を身につけるべきではないか。

「じゃあ、お言葉に甘えて少しだけ」

「いいね！　ほら、吸ってみろ」

私はついに誘惑に負けた。イシザカの説明にしたがって、アルミホイルで試験管のような筒を作り、その中にエスの結晶を入れる。その筒に直接火が当たらないように注意しながら、ライターで炙ると、気化した煙が立ち上った。

「それをストローで鼻から一気に吸い込め。そうしたらできるだけ長く息を止めて、口から吐き出すんだよ」

「はい……あれ？　いや、何ともないですけど」

「軽くフカしたくらいじゃ効かねえよ。繰り返し吸い込んで、ほら、内臓にリアルにブチ込むんだよ」

勧められるがまま、何度も吸引を続けると、これまでに経験したことがない快感が全身を駆け巡った。言葉で無理やり表現するなら、富士急ハイランドの絶叫マシンに乗りながら、B'zの「ｕｌｔｒａ ｓｏｕｌ」が爆音で頭の中に鳴り響くような、驚くべき刺激だ。イシザカは私の異変をすぐに察知した。

「キタか？」

「ええ……確かに、コレはスゴい……」

常に体を満たしていた睡眠不足からの倦怠感が一気に霧散し、頭のタガが外れて気分が果てなく高揚する。その後、「ｕｌｔｒａ ｓｏｕｌ」のビート感はフェードアウトし、一転してファンタジーに切り替わった。頭の中にディズニーランドの「イッツ・ア・スモールワールド」のアトラクションが埋め込まれ、あの愉快なメロディーがグルーヴし始める。

「何だか気分が爽快になってきました」

「そうだろ！　人生楽しく生きるには、コイツは欠かせない。神様がくれた夢とロマンの世界へようこそ！」

イシザカが激務の疲れもまったく見せず、常にバリバリである理由が理解できた。彼はさらに、私を欲望の泥沼に誘い込む。

「ところでさ、オマエ〝ごぶさた〟なんだろ？　オンナ商売で百戦錬磨のオレには隠せないゼ。エスでキメた後は、オンナが欲しくなる。だからコイツを連れてきたワケ。遠慮なく可愛がりな」

「な、何を言っているんですか⁉　ジュンちゃんはイシザカさんの彼女でしょう？」

「コイツもオマエのことまんざらでもないって言うし、他にもオンナがいることも知ってるんだよ。正直、今の人数はオレが管理できる限界に来てる。この話は社長も承知だから、安心して楽しめ。第一、オンナ商売やってて、自分にオンナがいないなんてありえないだろ？　オレはここで出て行くから、〝兄弟盃〟だと思って、な？」

安いワンルームマンション特有のドアが閉まる鈍い音。その余韻に浸りながら、ベッドの上に体育座りで静かにたたずむ彼女と、しばらく無言で過ごした。覚せい剤を使用した男女は、性行為への欲求を断ち切ることはできない。理屈を超越した欲望は全身を駆け巡り、もはや制御不能になっていた。

「ホントにいいの？」

彼女のチワワのようにつぶらな瞳が、私をまっすぐ捉える。

「あの人、もう私には飽きたみたいだし。アンタも親のことで苦労したって、あの人から聞いて、気にはなっていたの。ほら、仲良くしよ？」

彼女も私と同じく、家庭環境で大変苦労してきたらしい。好きで自分を売ることになったわけではない……そんな彼女と、欲望のままに体を重ねた。長い期間、ストイックに性欲を抑えつけてきた上に、シャブセックスの快感は想像を絶するもので、何時間もお互いの肉体を貪った。

地位も名声もカネもあったはずのASKAや酒井法子が、コレにハマった理由がよく分かる。人生に「喜」と「楽」しかなくなり、その高揚感が1日くらいは持続する。食事も睡眠も取らなくても、スーパーマンのように絶好調になるのだ。その効果が切れた後の疲労、焦燥、倦怠感と、絶叫してのた打ち回るほどのクスリへの渇望を知るのは、まだ後の話だ。

ちなみに、イシザカは私の家を出た後、別のオンナのマンションに行き、同様にシャブセックスにふけり、野獣と化していたようだった。

クスリの力を借りて、仕事も波に乗る

一流大学卒のエリートどころか、シャブ中にまで成り下がった私だったが、クスリのお陰で仕事は驚くほど順調に進んでいた。相変わらず激務は続いたが、エスでキメれば睡魔は吹き飛ぶ。空腹感もなくなり、何も食べなくても激務に耐えることができた。病院に行く暇もなく働くなかで、悪化していた腰痛や歯痛も即座に吹き飛ぶのだ。まるで空を飛び、雲の上を歩いて

いるような爽快感。体の中に「虫が湧く」ようなあの感覚は、今思い出しても生唾を飲み込んでしまう。

しかし、そのリスクはあまりに大きい。使い続けていれば次第に耐性が生じ、効果は鈍化、持続時間も短くなる。効果が切れれば途端に何もかもやる気が起きなくなり、ぐったりとしてしまうため、体を蝕まれながらも使い続けるしかないのだ。さらには善悪に頓着がなくなり、「自分は何でもできる／何でもしていいんだ」という錯覚に陥る。あのまま常用していれば、殺人だって犯してしまう可能性があったと思う。

そんなリスクも、この時の私はまだ知らない。頭の中に鳴り響く「イッツ・ア・スモールワールド」が、疲労困憊の肉体を鋭く熱い鉄砲玉に変え、想像力も普段と比べ物にならないくらい豊かになった。

「シャブ&ASKA　薬物にSAY　YES」

週刊誌の見出しにはこんな文字が躍り、ASKAが往年の名曲をシャブの力に頼って生み出したと報じられたことがあった。当然、前提として才能があってのことだろうが、100％間違いだとも思えなかった。確かに、クスリをやっている時のクリエイティブネスの放出は凄まじいものがあり、私の場合、その解き放たれた能力はWEBサイト上のキャッチコピー、人気嬢の宣伝PR文章などで存分に発揮された。

〝It begins from――　これまで見つからなかったモノ　ここからはじまる珠玉のstory〟

〝小悪魔とランデヴー　上質な恋人感覚を今宵、貴方に……〟

〝この世をば我が世とぞ思ふ 望月の欠けたることのなしと思えば――ひとときの栄華の絶頂、貴方に贈るカタルシス〟

〝美女の大海原と豊穣の快感　夢とロマンとファンシーな遊戯〟

これらのフレーズは、頭で考えて作り込んだものではなく、キメているときに自然と天から降ってきたものだ。当時、店のオンナの子とカラオケに行っては、指名された歌を即興で替え歌にして「天才！」と褒められたものだが、考えなくても、言葉が玉手箱から勝手に湧き出てくる。替え歌の内容は公序良俗に反し過ぎてここでは書けないが、比較的クリエイティブな業界にクスリに手を出す人が多いのは、こうした理由もあるだろう。

腐っても鯛、私ももともとはマスコミの世界にいた人間だ。集客のために好き勝手、思う存分美辞麗句を書き並べ、そのイメージに合ったこだわりの写真もプロのカメラマンに撮ってもらい、ウェブに掲載した。ゴトウ社長は惜しむことなくカネを投じ、腕のいいカメラマンをへッドハント、自社が経営する写真スタジオに招き、表社会では大企業の顧客を多数抱え、その裏では、自社のキャバクラ・風俗関係の広告宣伝ツールとして、最大限に活用しているのだった。

「さすが元業界人、洒脱だね！　思う存分、カネを使って徹底的にやりなさい」

社長はそう言って、私の仕事を賞賛した。まさにやりたい放題で、自分自身でイメージ画像に登場し、オンナと優雅に遊ぶオトコを演じてみたり、時には遊びが過ぎて、オンナの子に十二単衣を着せて、自分は戦国武将のコスチューム……なんて広告も作った。テレビと違い、スポンサーの意向などない。その独特の演出の反響は大きく、新規開拓に大きく貢献した。

クスリでキメているときのインスピレーションはビジネス面にも、研ぎ澄まされたアイデアを与えてくれた。一例を紹介すると、

「オンナの子のオシャレな動画をHP上で公開し、予約もウェブで行える、当時としては画期的なIT技術を導入。今でいう社内SNSを自社で開発し、社内コミュニケーションツールとして活用した」

「多店舗にまたがるオーダー内容をオンラインでリアルタイムに確認できる独自システムを自

社のプログラマーに開発させ、４店舗同時受付を開始。これにより立地が違うどの店舗に来店したお客様からも４店舗同時に受注が可能になり、オンナの子の待機時間、空き時間を短縮し労働生産性が大幅にＵＰした」

など。もちろん、すべてを一人で実現したわけではないが、このようなアイデアが瞬間的にひらめくのだ。何不自由ない、大企業の優秀なビジネスマンがクスリで逮捕されるというニュースを見る度に、「分かる、分かるぞ。ビジネスで打開策が浮かばなかったんだな」と同情してしまう。クスリには、それほど驚くべきパワーがあったのだった。

また私は他店との差別化を図るため、露骨なサービスの売り込みは避け、「スケベ」を「夢」に置き換えて売ることを意識した。路上スカウト時代に感じた羞恥と反省があり、またゴトウ社長にも次のように言われていたからだ。

「その辺の風俗に行ってみろ。誰も彼も『この子はエロいですよ！』『巨乳ですよ！』『凄いテクニック持ってますよ！』のオンパレードで、何の目新しさもない、ただの押し売りだ。オレが理想とするのはディズニーやＮＩＫＥ。つまり、哲学や夢を語ってファンを増やすんだ。理念を伝え正しいサービスを提供していけば、数字は後から付いてくる」

そこで私は、「恋人感覚」というコンセプトを伝えることに注力した。

「当店は風俗店であって、風俗店ではありません。恋人感覚という夢とロマンをご提供する、アミューズメントパークです。ここに居る時間だけは、日常の煩わしいストレスから離れて、非日常的な夢の空間を楽しんでいただきたい。誰もが一度は経験し、いつの間にか忘れかけているあの恋人同士の胸の高鳴りとときめき、快楽を満喫していただけるよう、当店のキャストがお手伝いさせていただきます」

このコンセプトは口コミで評判となり、ついにはキャストだけでなく、店長の私に会いに遊びに来るリピート客まで出てきたほどだ。

そうして仕事に没頭する中で、私は数々の出会いと別れを経験することになる。

あるオンナの子の話① 親のために体を売る「不幸な」少女・サラ

風俗嬢――世間的には堕ちたオンナの墓場のように思われているが、皆が皆、ホスト遊びで借金背負って働くような不埒な子ばかりではない。親が抱えた借金返済のため、弟や妹を養うため、苦学生で学費を稼ぐため……涙ぐましい努力の一環として、夜の世界に身を投じ、前向きに生きている子たちを私は大勢、見てきた。

今でも忘れられないのは、親の借金返済のため、あろうことか親に強制されて働かされていた18歳のサラだ。いつものように営業が終了した朝方、帰らずに待機部屋で一人、泣いている彼女を見つけた。

「どうしたの？　お客さんに何か乱暴なことされた？」

「お母さんが『もっと稼いでこい！』って。私、こんなに頑張っているのに、もう辛くて……」

サラちゃんは人気嬢で、1日の収入が手取りで10万円を超えることも珍しくなかった。この業界は即日現金払いであり、仕事が終わり稼ぎを持って帰れば全額、親に持っていかれてしまうというのだ。肉体的にも精神的にも、疲れ切っているように見えた。

「店長はいい大学を出ているんでしょ？　私だって、大学に行って学校の先生になるのが夢だったのに……それがこのザマ。毎日、毎日オヤジの生臭い息の匂いに耐えながらカラダ売ってさ。高卒の私がこんな仕事して、将来どうやって生きていけばいいんだろう。同級生は普通に恋愛して、大学生活をエンジョイしてるっていうのにさ。どうして世の中、こんなに不公平なの……」

自分よりずっと年下の華奢なオンナの子が、将来を棒に振ってまで、実の親に搾取されている。彼女に比べたら、「早稲田大学を出て風俗業界で働いている」自分の不幸なんて、ただの自己責任だ。そんな簡単なことに気付かされた。

「調子悪かった先月だって、サラちゃんは手取りで100は余裕で超えてるでしょ　これだけ稼いでいるのに、お母さんは一体、いくら欲しいと言うの？」

「今月は特別みたいで、今週中にあと20万持ってこいって。でも私、今日、生理になっちゃったし。最近、お客さんの付きが悪いから……」

この業界のオンナの子は嘘がうまい。私からカネを引き出そうとしているのか……と一瞬疑ったが、その切迫した様子は演技には思えなかった。そもそもサラはいつも礼儀正しく、この業界では当然のように行われる無断欠勤も一度もなかった。

（このままでは彼女は破滅してしまう。こんな年端も行かない不幸な少女を放っておいていいのか？）

感情に突き動かされ、思わず財布から20万抜き出した。給料の前借りを示す「バンス」という隠語があり、キャストから頼まれることも多かったが、今回は違う。目の前の少女を助けようと、自分のカネを渡してしまった。

「他の子には絶対、内緒だよ。このカネでとりあえず凌ぎなさい。事情があるだろうから口出ししたくないんだけど、とにかく親から離れた方がいいよ。社長に言ってマンションを安く借りられるようにしてあげるから、これからは稼いだカネは貯金して、自分のために使うんだ」

受け取ろうとしない彼女に無理やりカネを押し付け、「カラダで払う」という健気な申し出も当然、断った。後日の話だが、彼女は私の勧めにしたがって家を飛び出し、予備校に通い出したそうだ。

自分の力で、一人の不幸な少女を救った！　そんないい気分に水を差すように思い浮かんだのが、かつて憎んだＴＶプロデューサーの言葉だ。

「口には出さないが皆、人の不幸が好きなんだよ。『ああ、自分よりもこんなに不幸な人がいるんだ。自分なんてまだマシだな』なんて、他人の不幸に同情して、逆に活力を得てしまう。だからワイドショーというビジネスは成立するんだ」

（ああ、そういうことか……）

私は何も成長などしていなかった。自分より不幸そうな少女に優越感を覚えて、必死の思いで学歴を得ても報われなかった自分を慰めている。低俗なものだと考えていたワイドショー、ゴシップだらけの週刊誌がビジネスとして成立しているのは、私のような人間が多いからではないか。この一件以降、人の不幸で自分を慰めるようなことはなくなった代わりに、人を憐れむまっとうな心も、少しずつ薄れていったように思う。

あるオンナの子の話②　ハタチで3000万稼いだ伝説のAV女優・サヤカ

他方で、この業界を心から楽しんでいるオンナの子もいた。

私がクスリで覚醒しながら通常業務をこなし、あり余る体力で、人気AV女優のマネージャーを兼任していた時期のこと。ゴトウ社長は最終的に芸能プロダクションを作るという構想を持っており、AVはそのパイロット事業だった。

そこで出会った女優・サヤカとの出会いも、生涯忘れられない。当時ハタチだった彼女は「(公私含め)経験人数は1000人以上」と豪語していた。生まれ育ちが裏風俗のメッカ・埼玉県の西川口だと言うから、無責任に「そういう星の下に生まれたのだろう」と思ってしまう。学校の勉強に意味を見出だせずに高校を中退し、10代から「西川口流」と呼ばれる違法本番風俗で人気者に。しかし、警察の一斉摘発を受けて現地の風俗産業が根絶やしにされ、AV業界に身を寄せたのだという。

「セックスこそ我が人生」

「セックスをするために自分は生まれてきた」

と言わんばかりに、とことんまで性行為を心から楽しむ子だった。彼女は多才で、ズバ抜けた歌唱力もある。あるとき、テレビ局の企画で「AV女優カラオケ選手権」のような特番があり、私はマネージャーとして同行した。彼女はZARDの「負けないで」を見事に歌い、優勝を勝ち取ったのだった。女優を引退した今も、彼女が出演したビデオはネットで出回り、高い人気を誇っているという。

風俗嬢しかり、この業界のオンナの子は心が荒み、病んでいることが多い。カネのためだけにイヤイヤ嫌いな男にカラダを売り、リストカットや薬物に走る子、ストレス発散のためにホストクラブやブランド物に散財し破産してしまう子、重篤な性病に罹り廃人と化す子——すべて、この目で見てきた。

そんな刹那的な生き方をする子たちを尻目に、サヤカは稼いだカネはきっちり貯金し、散財もしない。ある日、通帳を見せてもらって驚いたが、ハタチで3000万円以上の残高が記載されていたのだ。

仕事を楽しみ、ストレスを貯め込むこともないから、ホストクラブにハマることもない。高級マンションで絢爛豪華な生活をするでもなく、実家に住み、両親とも良好な関係を保っているという。エステにも通わず、化粧をしなくても肌ツヤがいい。性病にも無縁で、こんな子もいるのだ、となぜか感心させられた。

「『サーチュイン遺伝子（長寿遺伝子）の活性化理論』って知らない？　科学的にも、セックスで絶頂を感じることが最大の美容法だとされているんだよ。だから、私は心身ともに健康なの。ワセダを出て、そんなことも知らないの？　私、やっぱり学校を辞めて正解だったわ（笑）」

彼女は勉強熱心で「成功者の普遍的な心理構造をつかむため」と、日経新聞の人気連載『私の履歴書』を愛読。さらに朝日、読売の2大新聞も購読し、「論調の違いを把握して、複眼的な視野を養いたい」とも語っていた。

「ほら、私を口説いて、抱いてみなさいよ。一流大卒のぼうや（笑）」

天真爛漫でＳっけのある彼女は、ＡＶ撮影の控室で全裸になり、時には四つん這いで悩殺ポーズを決め、中指を立てて私を挑発してくる。しかし、自分以上に勉強し、仕事を楽しみ、稼いでいる彼女に言い返す言葉がなかった。

そんな彼女に、将来の展望を聞いてみたことがある。それだけ蓄財して、一体どうするつもりなのか？　彼女は大切にしているノートを開き、自身でノートにしたためた古典の一節を見せた。

【一年の計は穀を樹《う》うるに如くは莫く、十年の計は木を樹うるに如くは莫く、終身の計は人を樹うるに如くは莫し】

「……管子かな？」

「これも分からなかったら、学歴詐称を疑っているところだよ（笑）。私が大切にしているのは、この〝十年の計〟。人間には旬の時期があって、私は〝オンナの武器が駆使できる旬なとき〟は25歳までだって、勝手に信じてるの。だから15のときに、決断して高校を中退したのよ。私の十年の計に、詰め込み暗記ごっこの学歴なんて必要ない」

自分とは「学歴」に対する考えが正反対で、覚悟もまったく違う。サヤカは続けた。

「それよりも旬なうちにオンナの武器を使って、最大限にレバレッジを利かせて、カネを稼ぐ方が利口でしょう？　私は25までに、最低5000万貯めて引退して、専業主婦になる。稼いだカネは、両親や子どものいざってときのために取っておくの。だって子どもが『フィギュアスケート習いたい』『バイオリン習いたい』『留学したい』って言ったときに、カネがなくてその願いを叶えてやれなかったり、親が病気になってもいい病院に入れてやれないほど惨めなことないじゃない？　カネがないと何もかもがうまくいかなくなる。逆にカネはいくらあっても困らないし、人生の選択肢が広がっていく。カネに振り回されて家族が不幸にならないために私は今、頑張って木を育てているの」

ハタチの子の人生哲学に脱帽させられた。そして、彼女はカネを得て堕落する人間ではないのだろうと、その資質の高さを直感させられたものだった。果たして今、どこで何をしているのか――いたずらな笑顔を、時おり思い出す。彼女のこと、見事に人生を設計し、十年の計から終身の計に移行しているに違いない。

あるオンナの子の話③　初めての修羅場をもたらした、SM好きOL

順調に進む仕事に調子に乗っていた私は、他店からの引き抜きに失敗し、修羅場を招くことになる。

舞台は都内某所のイメクラだった。以前よりAランクの子が多いという噂を耳にしており、いつものように平凡なサラリーマンを装って潜入した。

もう名前も忘れてしまったが、登場したのは20代前半の清楚なイメージの子だった。見た目とは裏腹に、SMが好きで手錠や縄で拘束されることに興奮するという。変わった子だが、顔もスタイルも申し分ない。話してみると、明るく気遣いもできるようだ。この子は間違いなくカネになる——そう確信し、店外デートに誘って口説きに入った。

「ああ、もったいない……。あの店はルイ・ヴィトンをユニクロ価格で売ってるようなものですよ。自分というブランドを安売りしないでください」

何百回クチにしたか分からないキラーフレーズで、気持ちをこちらに振り向かせることに成功した。

「う～ん、今のお店も気に入ってるんだけどな……。でも、ホントにそんなに稼げるんだったら考えちゃうかも。そちらのお店って、手錠やムチのオプションはあるんですか？　そこ、とっても大切なポイントなんですけど」

（そうきたか……）

このとき、私は重大な判断ミスを犯してしまった。彼女にとってＳＭは、まさに「三度の飯より」重要度が高いものだったのだ。ウチにはＳＭのオプションなどなかったが、働き始めれば型にはめられると過信していた。

「うん。ちゃんと新規でＳＭコースを設定するから、安心して」

その場しのぎで嘘をついてしまい、これが元でトラブルに発展していくことになる。

入店初日。身分証を確認したところ、彼女の正体は何と有名一流企業のＯＬだった。仕事上のストレスを風俗のバイトで解消していたのだという。

「あのね、今さら申し訳ないんだけど、ウチは『恋人感覚』というコンセプトだから、ＳＭはそぐわないんだ。だから、縄・ムチ・手錠は用意できなかった。この際、方向展開してさ、その清楚さを存分に生かして恋人プレイに挑戦してみない？　その方が合ってると思うんだけどな」

すんなり受け入れてくれると高を括っていた私。しかし、彼女のリアクションはそれとは正反対の激烈なものだった。

「話が違うじゃないですか‼」

彼女は興奮した様子で席を立った。エスでキメていても焦りを隠せなくなるような状況があるのだと、初めて知った瞬間だ。

「いや、ちょっと冷静に……」

「私はＳＭ系じゃなきゃ、こんな仕事やりたくないの！　恋人感覚なんて興味ないし、手錠がなかったらやってらんないの！　そう言ったでしょう⁉　最初から騙すつもりだったのね。最低。私、帰る！」

有望なオンナの子を取り逃がしてしまった……というだけで済めばいいのだが、どうやら彼女が元の店に暴露したようで、その晩に見知らぬ番号からケータイが鳴った。

「テメーコラ！　よくもウチのオンナを引き抜こうとしやがったな。ウチのケツ持ちがどこだか分かってんのか⁉　テメーのとこみてえな新参モノのちっぽけな会社と違うんだ！　乗り込んでやるから、覚悟しとけよ！」

威圧感のあるいかつい男の声でさんざん威嚇、恫喝、罵倒され、私ははじめての経験に完全にビビってしまった。一方的に電話を切り、その日は一睡もせずに、寝床でただただ震え続けた。エスという魔法のクスリも、このときは役に立たない。

（ヤバイ、このままじゃ、オレは殺されるかもしれない。よくてマグロ漁船か？　ヤクザにヤキを入れられるくらいなら、いっそこのまま死ぬか、それとも夜逃げするか……）

悩みを抱えたまま仲のいいスカウトマンに相手の素性を聞いてみると、関東ではかなり大きなグループで、武闘派としても知られているらしい。私は腹を括って、正直に社長にすべてを報告することにした。

「本当に申し訳ございません、引き抜きに失敗してしまいました……。相手は○○というお店で、ケツ持ちは●●らしいです。すべては私の責任で、いかなる処分も受ける覚悟です。お世話になった社長にご迷惑を掛けてしまい、言葉もありません……」

クビか、漁船か、ヤクザに差し出されて半殺しか……絶望的な未来に思いを馳せたが、社長の返答は意外なものだった。

「ハハハ、何だ失敗しちゃったの？　世界の終わりみたいな真っ青なツラしちゃって。やっぱりオマエ、マジメなヤツなんだな。いいか、別に私腹を肥やすためじゃなく、会社のために引き抜きをやったんだろう。ちゃんと〝手〟は打ってやる。労災みたいなもんだから、気にすんんな。とりあえず、しばらくは現場に出なくていいから、サイトの方、よろしく頼むよ」

「え？」

「いいから、とにかくオレに任せておけって」


社長は多くを語らず、とにかく私は一時的に現場から離れ、アダルトサイトの運営管理に当たることになった。まさかこんな形で、もともと志望していた〝ＩＴ業務〟を経験することになろうとは……。

今回の一件は、イシザカにも素直に報告した。


「いや、やってしまいました……」

「成功して、調子に乗ったな。オレならもっとうまくやったぞ。でもまあ、しゃーねえって。引き抜きにトラブルは付きものだし、こんなときのためにケツ持ちがいるワケよ」

「その辺の事情、実は僕、よく分からないんです。社長も『〝手〟は打ってやるから心配するな』って言うんですけど、大丈夫なんですか？」

「オマエはまだこの業界、日が浅いから分かってないんだな。もうちょっと経験を積めば分かってくるって。とにかく今は言われた通り、エロサイトの方をシコシコやってりゃいいんだよ。

もともと、そういう仕事がしたかったんだろ。楽しいか？」
「いやあ、毎日、毎日、無修正エロ画像の処理ばっかりで気が狂いそうです。早く現場に戻りたいです」
「そうか。まあ、オマエみたいな型破りなヤツは、もうちょっと現場で暴れた方がいいかもな。とりあえず、もうちょっと辛抱しておきな」

その後、社長から「もう済んだから、現場に出ていい」と指示が下り、私は店に戻った。しばらくは相手先の店から刺客が送り込まれてくるのではないかとビクビクしながら、「オンナの子をなめたらいけない」と肝に銘じたものだ。

結局、何が起こったか分からないまま事態は収束し、拍子抜けしたが、ゴトウ社長は意図的に、ケツ持ちヤクザとの関係性を伏せていたらしい。私のような小心者には刺激が強いと思ったのか、余計な知恵を付けさせない方がいいと判断したのか……いずれにせよ、私は社長の思惑を最後まで察知することはできなかった。

あるオンナの子の話④　本気で惚れて捨てられた風俗嬢・ユーキ

業務に慣れて精神的に余裕が生まれると、ストイックに仕事だけに集中するという意識も薄れてくる。抑圧されてきた20代男の欲望が真っ先に異性に向かうのは、ごく自然のことだった。休みはまったくなく、出会いの機会が皆無である私が店のオンナの子に恋愛感情を抱いてしまったのも、また無理のない話だろう。私はその欲望を抑え切れず、過ちを犯してしまったことがある。

「店長ぉ〜、ちょっと紹介したい子いんだけど、面接やってくんない？　キャバで一緒だった子でユーキっていうんだけど、超カワイイから絶対売れるよ！　保証するからサ！」

ある日、ベテランのミノリから紹介を受けて面接したのがユーキだった。キラキラした瞳で、私にこう語り掛ける。

「キャバクラって営業が大変なんです。お客さんは常に肉体関係を迫ってくるし、それを振り切るのがもう大変で限界で……。お店に隠して枕営業をするくらいだったら、いっそのこと堂々と〝ウリ〟ができる風俗の方がいいかなって。ミノリちゃんにやさしい店長さんだって聞いたし、とっても働きやすそうなので、よろしくお願いします！」

（うわ……めちゃくちゃカワイイ）

一目惚れだった。長澤まさみに似た、殺人的にキュートな笑顔。スタイルも抜群、グラマラスで健康的な美人だった。私は胸の高鳴りを必死に隠し、一つ咳払いをして、平静を装いながら事務的な質問をした。


「風俗の仕事は初めて？」

「はい」

「抵抗はないの？」

「ありますけど……おカネがいるし、もうキャバはやりたくないです。そうなると、もう風俗しかないんです。高卒の私が派遣のＯＬやっても、高が知れてるし。私、夜は家事があるので、夕方までしか働けないんですよね」

「なぜおカネがそんなに必要なの？　借金？」

「ウチ、両親が離婚しちゃって、今は高校生の弟と父と三人で暮らしてるんです。父はいろいろ問題がある人で頼りにならなくて……。私が母親代わりなので、弟には好きなことやらしてあげたくて。大学に行く費用も、私が出してあげたいし、頑張らないと」


この時点で完全に恋に落ちた。母親に言われて泣きながら体を売っていたサラと同じように、自分の放蕩のためでなく、家族のために風俗で働くオンナの子――この手の子に、私は弱いらしい。安易に同情はするまいと決めていたが、外見がストレートど真ん中、思いきりタイプだったこともあり、「何てかわいそうなんだ」「助けてあげたい」と思ってしまった。

「僕は風俗だって立派な仕事だと思っているよ。ウチの店で働くオンナの子のことはみんな幸せにしたいんだ。応援するから、一緒に頑張ろうよ！」

普段は絶対に口にしない言葉が思わず出てしまった。

ユーキは未経験入店だったため〝講習〟が必要になった。要は実技指導。恋人感覚というコンセプトに則り、店のブランドに恥じないサービスをお客に提供できるよう店長が教育せねばならないのだ。

この〝講習〟、店長の役得として羨ましいと思う方もいるかもしれないが、実は本当に苦痛なものだった。想像していただきたい。あくまで仕事として、全裸になって口頭で恥ずかしいことをレクチャーしなくてはならない。近いイメージは、柔道の先生が生徒にからみながら寝技を粛々と口頭で解説しつつ、実技指導している場面でお互いがなぜか全裸である……という感じ。しかも、ヘタなことをしたら待機部屋でオンナの子たちの井戸端会議のネタにされてしまうのだ。

「ちょっと聞いて！　あの店長、実は○○が●●でサ！　まるで松ぼっくり！」

「キャー！　マジ？　あんな顔して、マジ、ウケるんだけど！」

　こんな具合で面白おかしく吹聴され、しまいには他店にまで噂が広がってしまうこともある。努めてスマートに、厳粛に。完全に仕事と割り切るクセがついており、一目惚れしたオンナの子といきなり肌を重ねるという、本来なら飛び上がりたくなるシチュエーションも、情けない気持ちにしかならなかった。

　ユーキは滞りなく講習を終え、正式に入店となった。風俗嬢にとって、初日は極めて重要だ。絶対に〝お茶を挽く〟ことを避けねばならない。〝お茶を挽く〟とは業界の隠語で「風俗嬢に仕事が付かず、待機部屋でドリンクだけ飲んで仕事が付かず終わってしまう」ということ。オンナの子にとっては屈辱的で、店を辞める最大要因になる。店側は特に新人に関しては、初日は全力で空き時間を作らず、集客しようと努力する。

「稼げれば、辞めない」

　これは誰もが口にする、業界の鉄則だった。

恋に落ちていた私は、初日どころか初めの1ヶ月、全身全霊でユーキの空き時間を埋めていった。得意客に「いい子が入りましたよ」と徹底的に電話営業を掛けるという異例の特別扱いで、他の子に比べて完全にエコひいきをしたのだ。

ユーキのサービスは一級品（身を以て体験した）で、一度付いた客はリピーターとなることもあり、社長を強引に説得し、入店後早一ヶ月で通常料金より割高な「プレミアムコース」に割り当てた。さらに通常、店とオンナの子の取り分は4：6だったが、彼女に関しては65％という最高の条件まで引き上げしまうという惚れ込みようだ。

結果、初月から彼女の収入は手取りで100万円を超えた。未経験の新人が、早番（10～17時）で連日出勤するわけでもなく、これだけの成績を挙げたのは、私が目をかけたからに他ならない。

ユーキは家事をこなすため、夕方には帰ってしまう。空手をやっているとかで、背筋をピンと伸ばし、急いで帰ろうとする姿すら美しい。私はつい、彼女を呼び止めた。

「ちょっと待って！　帰り際にそこのスタバでお茶でも飲んでいこうよ」

「でも私、早く帰って夕飯の準備しないと……。それに店長、仕事は？」

「ユーキちゃんのケアも仕事だよ。ちょっとだけ、ね？」

「いいの？　私のことそんな特別扱いして」

「自分が講習して入ったオンナの子なんだから、トーゼンだって！」

初めはかなり強引だったが彼女は毎回、応じてくれた。

久しぶりに惚れた子とデート（らしきもの）をする解放感は格別だった。私は無我夢中で色んな話をした。自分が好きな映画、音楽の話、子どもの頃に熱中したテレビの話、前職のテレビ業界の裏話もしたが、現在の仕事の話は一切しなかった。ユーキは頬杖をつき、「ウン、ウン」と頷きながら、まるで駄々をこねる小さい子どもの話を聞く母親のような笑顔で、私の熱弁を聞いていた。


「ねぇ、店長。お客さんから聞いたよ。わざわざ事前に営業掛けて、私の予約を埋めてるんでしょ？　そんなことしなくていいの。おカネだって今の半分くらいで十分。店長がこんなにエコひいきしたら大変だよ。もし、他のオンナの子にバレでもしたら……」

「いいって！　言ったじゃん、ユーキちゃんに幸せになってほしいって。早くたくさん稼いで、弟さんやユーキちゃんの学費、貯めればいいでしょ。ね？」

「フフ。あんまり無理しちゃダメだよ」

完全にユーキのとりこになっていた私は、有頂天でその後も露骨なひいきを続けてしまった。

そうして帰り際、束の間のランデブーを堪能し続けたのだ。

「大丈夫⁉︎　今日はお客さんに変なことされなかった？　疲れたでしょ？　ユーキちゃん、甘いモノ好きだよね。すいませーん！　キャラメルフラペチーノのグランデサイズ、とびっきりのやつください！　あ！　弟さんにスイーツでもテイクアウトで持って帰ってあげてよ。ね？ね⁉︎」

恋とはそういうものかもしれないが、冷静に見ればほとんど病気である。自分の将来についての悩みも相まって、「ユーキちゃんのように、最高にイカしたオンナと結婚して、幸せな家庭を作りたい」などと考え、ベッドのなかで悶々としていたのだった。

「今夜はね、弟が好きな茄子とモッツァレラチーズのパスタと、アボガドキムチに粉チーズを混ぜたレタスサラダのゴールデンコンビ！　ユーキのスペシャルメニューなの！」

そんな話を聞くと、嫌でも彼女がわが家でおいしい料理を作り、自分の帰りを待ってくれている……なんて想像を膨らませてしまう。

「彼氏、欲しくないの？」

「別にいいわ。仕事で疑似恋愛もしているし、性欲も満たされてるから」

「へぇ、そこまで言ってもらえるなんて、ウチのサービスも相当なレベルだね。お客さんから店外デート誘われたりしないの？」

「あるけど……無理でしょう？　大抵、誘ってくるのは夜だし。私、夜は家に居なきゃいけないんだから」

「早く専業主婦になれればいいのに。ユーキちゃんなら、きっといいママになるよ！」

「そうね、いつかは。専業主婦……憧れるわ」

「安心して。もし将来、街中で子どもとダンナと一緒にいるユーキちゃんとばったり会ったとしも、オレ、知らないふりしてあげるから。オレと出会ったことなんて暗い過去だろ？　バッチリ封印してあげるよ」

「そんな寂しいこと言わないでよ！　挨拶くらい普通にすればいいでしょ」

　ホントは「オレが全部、生活の面倒見てやるからこんな仕事辞めて一緒になろう！」と言いたいのに、どうしても口に出すことができなかった。会えない時間は思いが募っても、実際に話しているとそれだけで満たされ、それ以上の望みが薄れてしまう。講習で一度肌を重ねていることもあってか、すぐに肉体関係を持ちたいとも思わなかった。

その後も特に関係が進展することもなく、逢瀬を重ねた。ユーキはサンドイッチをこっそり作って持ってきてくれることもあり、「ひょっとして……」と、私も彼女が少しはその気があるのか、と淡い夢を膨らませていった。

しかし、間もなくその夢は見事に打ち砕かれる。いつものようにユーキと密会している現場を店のオンナの子に見られてしまったのだ。しかも、その子はお客の付きが悪い、先に述べた「お茶挽き」の常連だった。

（最悪だ……）

私がユーキを特別扱いしてお客を付けていたこと、職権濫用甚だしく頻繁に密会を繰り返していたことは、すぐに一部のオンナの子の間で広まった。私は信用を一気に失い、彼女たちから厳しく問い詰められることになる。

「アンタ、統括だからって調子に乗ってんじゃねーよ！　アタシらのこと、カネ儲けの道具だと思ってんじゃないの？　アタシら一人ひとり、同じように平等に扱うのがアンタの立場ってもんだろ！　アタシらが体張って稼いだカネから高い給料もらってんじゃないの!?　何とか言ってみなさいよ！」

あまりに筋の通った正論に、何も反論することができなかった。無言でうつむいていると、もともとユーキを紹介してくれたミノリがフォローしてくれた。

「ユーキは自分が紹介した特別な友だちで、未経験の子だから、目いっぱいケアしてあげてって私が店長にお願いしたの」

そのことで事態は収束に向かったが、その見返りに、ミノリは「自分に客を付けろ」と要求。その後、1ヶ月ほどして、ユーキは店を辞めていった。その理由を聞いて、私は愕然とする。「結婚する」のだそうだ。ユーキには以前から哀川翔似のワイルドな彼氏が居て、それもやり手の青年実業家だったという。ミノリが追い打ちを掛けるように、私に言った。

「店長には落とせないって！　ユーキはキャバではナンバー1だったのよ。駆け引き上手の超やり手だったんだから。それにあの子、店長と真逆のワイルド系が好きだから。じゃあ、約束通り、ちゃんと客を付けてよね！」

その直後、ユーキからメールが届いた。

「いろいろありがとう！　お陰様でたっくさん稼ぐことができました！　恋人が居たこと、黙ってってごめんなさい。店長が優し過ぎて言ったら傷付くと思ってどうしても言えなかったの。分かってね。でも店長みたいな人、好きになってくれる人、きっと居ると思うよ！　これからも頑張って！　あ、あの約束は必ず守ってね。ユーキ」

（あの約束？）

〝もし将来、街中で子どもとダンナと一緒にいるユーキちゃんとばったり会ったとしも、オレ、知らないふりしてあげるから。オレと出会ったことなんて暗い過去だろ？　バッチリ封印してあげるよ〟

……自分の言葉が情けなくリフレインする。常連客から聞いた話によれば、ユーキは「裏っぴき」（店を介さず、現場で客と直接交渉すること）もしていたらしい。安易な本番行為で、あっという間に悠々と引退できるだけの大金を稼いでいたというわけだ。失恋のショックは尾を引いたが、オトコに夢を見させる心理戦の達人＝元ナンバー1キャバ嬢の実力を垣間見た出来事だった。

あるオトコの話① スーパーエリートから転落した常連客

客の中にも、ユニークで忘れられない人物がいた。ある分野で日本一に輝いた超大物の弟で、少年期にはその兄よりも将来を嘱望されていたという。しかしながら、自分は他の道に進み、京都大学に進学。現在は一流企業に勤務している、エリートサラリーマンのM氏だ。風俗店では非常に珍しく、彼は本名を名乗って遊んでいた。

苗字と顔付きから、私は一目して「もしかして」と勘ぐっていた。M氏が常連になり、世間話もするようになった頃、思い切って聞いてみたところ、ビンゴだったのだ。

「よく分かったね。その通り、Mは僕の兄だよ」

「やっぱり、そうでしたか。そんな大物の方に来ていただけるとは感激です」

「いや、君の勤勉さにいつも感心しているよ。私の部下たちも、君くらいのバイタリティがあるといいんだけどね。正直、こういう店に何度も足を運ぶのは躊躇するもんだが……パワーがもらいたくて、思わずこうして来てしまうんだよ。ハハハ」

誰もが知る大物の弟。また、見た目の通り紳士的に遊ぶ優良な常連客だったのだが、しばらくして異変が生じた。1日に何人もの子とハシゴでプレイするようになり、時には持参した手錠を強引に掛けるなど、過度なプレイを要求することも。さらには日中も顔を出すようになり、店に入り浸って、私と他愛もない話で時間を潰すことも多くなった。明らかに会社には出勤していない様子だった。酒に酔って来店し、オンナの子を10時間近く拘束するなど、紳士的な振る舞いはなりを潜めていったのだった。来店できないときは店に「さみしいんだ」と電話をかけてきて、長時間くだらない話に付き合うこともあった。

インターネットで彼の名前を検索すれば、燦然と輝く過去の栄光が目に飛び込んでくる。そんな男が風俗に溺れ、明らかに狂い出していた。第三者には理解できない、深い心の闇を癒す場所が、他になかったのだろう。

「Mさん、連日来ていただけるのは本当にありがたいのですが、その、お金は大丈夫なのでしょうか？」

そう切り出すと、

「心配ない！　オレは天下の○○社の管理職なんだ！」

と威勢のいい言葉が返ってくる。

しかし、連日10万円以上も使って遊んでいれば、いずれカネは尽きるもの。案の定、来店頻度は減っていき、ついには店のオンナの子にストーカー行為を働くようになってしまった。強引に店外デートに誘い、それどころか、しつこく求婚したりと、彼の行動はエスカレートするばかり。この手のタイプは一線を越え、事件を起こすまでに至る可能性が高い――そう考えて社長に相談し、「大切な客であっても、オンナの子の安全を最優先に考えるように」と、対応を任せられた。

育ちも人柄もよく、本来は決して人に危害を加えるような人ではない。しかし、私は致し方なく「出入り禁止」を通告することにした。

「オンナの子たちがMさんのこと、怖がってしまっているんです。大変申し訳ないのですがこれ以上、当店ではお引き受けすることができません……」

M氏は突然のことに黙っていた。ここまでは前置きで、いよいよ本気モードに切り替え、眉間に皺を寄せ言い放つ。

「それでもしたがっていただけないのであれば、この業界の流儀で決着を付けるしかありませんよ」

心を鬼にした。これまで極めて優しく接してきた優男の私が豹変し、「業界の流儀」などという物騒な表現を使えば、ビビッて大人しく引き下がると考えたのだ。友人を脅すようで、内心は気が引けていたが、効果はてきめん。M氏は口を大きく開けてよだれをたらし、「信じられない」という表情で、店から逃げるように立ち去った。その後も彼が姿を現すことはなかった。

後日、彼が心の病に罹り、重篤な症状であることを知った。少年時代から神童と祭り上げられ、京都大学を卒業してエリートサラリーマンとして順風満帆だった彼の身に、いったい何が起こっていたのか。詳細は今も分からないが、おそらく特段の事情があり、すがり付いた止まり木が、この店だったのだろう。

彼は私と違い、社会に出てからもエリートとして成功していた。生い立ちとは、学歴とは一体何なのか——それをあらためて問い掛けられる、出会いと別れだった。

あるオトコの話②　東京芸術大学卒のニヒルな御曹司、フカザワ

ともに働く従業員にも、忘れられない人物がいる。

彼の名はフカザワ。見た目はうだつの上がらない40代のオッサンで、口数の少ないニヒルな

人だった。よく言えば高倉健似というのが、私の第一印象だ。「スポーツ紙の求人広告を見た」と電話をしてきて、私は店長として面接をすることに。履歴書を見て驚いたのは、その学歴だった。

「国立東京芸術大学卒業……坂本龍一が出た、あの東京芸大ですか？」

「そうです。何かおかしいですか？」

フカザワはこともなげに答える。年長者でなければ「そんな人間が何で風俗店で働こうと思うの？」と問い質すところだが、年下の若造に言われたい言葉でもないだろう。そもそも、私だって早稲田を出て、ここで働いているのだ。それに、店はどんどん忙しくなり、猫の手も借りたいほどだった。落ち着いて話を進める。

「なぜウチで働きたいと思われたのですか？」

「〝恋人感覚ホテル型ヘルスで社会にロマンを提供する〟という経営理念に共感しました。こちらの評判は以前から耳にしておりました。ここなら成長できると思ったのです」

経営理念として訴えてきたわけではないのに、変わった人だ。一回り以上年下の私から細かな指示を受けることも、何とも思わないという。すぐに採用を決め、住み込みで働いてもらうことにした。私は特別にワンルームマンションを与えてもらっていたが、一般従業員は事務所ビルの上階のタコ部屋住むことになる。彼は希望して、その部屋に入った。

仕事ぶりはソツなく、期待に十分応えるレベルにあった。フカザワは全国各地の風俗店を同じように住み込みで転々としてきたそうで、要領は心得ていたようだ。日々、黙々と業務をこなし、仕事が終われば自室にこもり、缶ビールを開けながら本を読み耽る——そんな生活パターンが定着していた。

何となく好きな女性のタイプを聞いてみると、「李香蘭」だという。李香蘭といえば日本名・山口淑子、原節子と並ぶ伝説の映画女優だ。戦前に日本映画『支那の夜』（１９４０年）に中国人として主演し、戦後その映画が「中国を侮辱している！」と漢奸（売国奴）容疑で逮捕され、あやうく死刑になりかけた。ＴＶレポーターとしては北朝鮮の金日成との会談、日本赤軍の重信房子へのインタビューに成功し、田中角栄からの要請で政治家に転身し、18年間もの間、参議院議員を務めたという文字通り「スゴい人」だ。それにしても、大正生まれの女優の名前が出てくるとは。映画好きの私は、「歴史に名を残す、気高い女性にしか興味がない」と言い切る彼に、ますます興味を抱くようになった。

後日、得体の知れなさを助長する能力の片鱗を見せつけられる出来事があった。広告宣伝物のＰＯＰを外注するために、私が頭をかきむしりながら原稿を書いているときのこと。見かねたフカザワから声を掛けられた。

「その程度のもの、外注するくらいなら私が描きますよ」

「え!? フカザワさん、芸大卒とはいえ、絵なんて描けるんですか?」

「ま、多少はね」

そうして彼は筆を取り、見事なイラストをスラスラと描き、〝Ｌｏｖｅｌｙ Ｌａｄｙ〟と英語の草書体も添えた。普段外注しているものより、数段クオリティが高い。彼は「他愛のない、ちょっとした取り柄ですよ」と笑っていた。

それだけではない。さらに、外国人客が来たときに流暢な英語で対応した。

「Our shop is a sex shop that is the concept of "lover feel "The price is high, but it boasts level of girls is higher. It's worth a try playing in commemoration came to Japan」

(当店は恋人感覚をコンセプトにした風俗店です。料金は高いですが、女の子のレベルは高いです。日本に来た記念に遊んでみる価値はありますよ)

「Amazing! I want to play by all means!」

（素晴らしい！　是非とも遊びたい！）

「80-minutes course is recommended for those who for the first time. In order to enjoy the lover sense, it is too short at 60 minutes. Credit card settlement also OK.」

（初回の方には80分コースがお勧めです。恋人感覚を満喫するためには、60分では短過ぎます。クレジットカード決済もＯＫです）

「As that was what you said, I will be!」

（君の言った通りにするよ！）

「Thank you! So, please wait in the waiting room over there.」

（ありがとうございます。それではあちらの待合室でお待ちください）

私が驚いていると、自慢げでも何でもなく、やはり「他愛もない取り柄。早稲田出ている店長だって、英語くらいお手の物でしょう」と言う。ニヒルな彼は、それ以上、多くを語らなかった。東京芸大を出て、イラストと英語が堪能。好きな女性のタイプは大正生まれの映画女優だという風俗店の従業員。底知れぬ深みを持った、得体の知れない人物の登場に胸が躍った。

ある日、彼が寝泊まりしているタコ部屋寮にたまたま出向いたときのこと。彼のプライベートがどうしても知りたくなり、よくないことだと分かりながら、３畳スペースを覆い隠す「禁断のカーテン」を開けてしまった。

そこには文庫本と音楽CDが山のように積まれ、アンディ・ウォーホルのアートピースが飾られていた。音楽は洋楽のみ。洋楽には疎い私だが、デビット・ボウイだけはすぐに認識できた。『アラジン・セイン』――耽美的で退廃的、ユニセックスなデビット・ボウイのアルバムジャケットに思わずウットリしてしまい、さらに大量の文庫の中に私もハマった佐木隆三の『復讐するは我にあり』を見つけ、途端に親近感が湧いてくる。

思わずパラパラとページをめくると、しおり代わりと思われる一枚のプリクラが床に落ちた。それは何と、彼女と思しき女性と2ショットだった。普段は見せない満面の笑みで、赤面必至のキスも収められていた。

「二人の仲は永遠のNAKA！　LOVE YOU ONLY！」

プリクラにはそう書かれていたが、写っている女性は李香蘭とは程遠く、お世辞にも美人とはいえない――はっきりいって、相当な不美人だった。自分のことを棚に上げ、私は思った。

(彼の身に一体、何が起こったのだろう？)

好奇心の洪水は止めどなく流れ、防波堤はついに決壊。私はどうしても彼の素性が知りたくなり、煎餅蒲団の周囲を物色した。ワイドショー時代のやじうま根性、取材力が蘇り、部屋の片隅に名刺ホルダーを発見。そこには李香蘭と明治天皇の写真が収納されていた。明治天皇の写真を持ち歩く人も初めて見たが、その後に発見した、一枚の名刺にKOされることになる。

「株式会社◯◯　取締役会長　フカザワ△△」

そこに書かれていた社名は、日本人なら誰もが知る老舗優良企業で、私自身もテレビCMで流れていたテーマ曲を諳んじて歌えるほど、愛着があった。後にその企業のHPで取締役会長の顔を確認したところ、フカザワと瓜二つだった。彼の正体は紛れもなく、日本が誇る大企業の御曹司だったのだ。そして私は、そんな彼をアゴで使う大馬鹿者だった。

呆然としながら店に戻ると、いつもの渋い表情でフカザワが店番をしていた。

「おかえりなさい。寮に行っていたのですか？」

「ええ……。定期的に問題がないか確認するように、社長から言われているもので」

私は目を合わすことができなかった。

それから程なくして、フカザワは「飛んだ」。つまり、無断欠勤でそのまま逃げてしまったのだ。夜の商売では、給料日の翌日には誰かが飛ぶことは珍しくなかったが、彼には飛ぶ理由が見当たらなかった。激務にも悠々と耐え、人間関係にも無頓着だから、トラブルなどない。私が素性を知ったことを察知し、傷ついてしまったのかもしれない。

後日、常連客から「コンビニでフカザワさんを見た」との情報が飛び込んできた。ゴシップ誌を立ち読みし、特集記事の袋とじに指を突っ込んで、真剣に中を覗いていたという。またどこかの風俗店に、住み込みで働いているのだろうか。

東京芸術大を出たインテリで、かつ有名企業の御曹司が風俗店のぺーぺーとして住み込みで働き、早稲田大学を出て真面目に働いているはずの私はシャブ中に成り下がり、親戚の誰にも知られず風俗店の店長として密かに身を潜めている。誰にでも人には言えない過去はあるものだと悟った。

ケツ持ちヤクザからの洗礼

そんな複雑怪奇な人間模様に振り回されながら、私が切り盛りする恋人感覚をコンセプトにした風俗店の売上は右肩上がりで伸び続け、都内一等地に新規出店も果たした。その際に初めて知ったのは、こういう商売は本当にケツ持ちのヤクザに事前挨拶をしに行かねばならないということ。単純過ぎて一瞬笑ってしまったが、新店が入居するビルの最上階はヤクザの事務所だった。

いつかゴトウ社長が手を回してくれて、私には多くを語らなかったケツ持ちヤクザの存在。事務所に行くことに躊躇していると、社長が諭すように言った。

「怖がらなくていい。本当の筋モンは堅気には絶対、手を出さないし、優しいもんだよ。筋道さえ通しておけば累が及ぶことはないから、安心しなさい」

こうして私は、人生で最初にして最後となるヤクザとの面談に挑むことになった。

「……というわけで、これからこちらのビルをお借りして、精進して参りますので何卒よろしくお願いいたします」

社長と二人、微動だにしない45度最敬礼を敢行した。

「おお、そーか、そーか。ゴトウくん、ずいぶん頑張ってるそうじゃないの。噂は聞いておるよ。このお兄ちゃんが店長さん？　真面目そうな人じゃないの。そういう業界の人にはとても見えんね。まあ、とりあえずは新店オープン、おめでとうちゃん！」

扇子を手に取りながら餞の言葉を投げ掛けてくれた親分は、見た目は『仁義なき戦い』の金子信雄演じる山守義雄風。映画の中では狡猾そのものの狸ジジイだが、恵比寿顔とはこのことかと実感させるような、陽気で義侠心のある人だった。

親分の人柄を物語るエピソードは、事前に社長から聞かされていた。親分は昔、現金が入ったセカンドバッグのひったくりに遭った。取り巻きの若い衆がすぐに追いかけ、捕まった犯人はまだ少年だったという。普通に考えれば、ただでは済まされない。リンチしてやろうとウズウズしている血気盛んな若い衆が、今や遅しとGOサインを待っていたが、親分は意外な行動に出た。

「ワシもオマエと同じ年くらいの時分は、街の不良だった。正直、スリやかっぱらいに手を出したこともある。オマエと同じように失敗して捕まり、殺されると覚悟したことがあったが、その親分は寛大なことに許してくれた。カネに困っているならカネはくれてやる。その代わり、こんなことはもう二度と止めろ。次に見つけたときは腕を切り落すぞ！」

こうして少年を無罪放免にしたという。そしてその少年は後日、頭を丸めてやってきてあらためて謝罪し、舎弟になった。その後長きにわたり、親分に忠義を尽くしているそうだ。「若いモンには失敗しても一度だけはチャンスを与えてやる」それが親分のポリシーだった。

「ゴトウくん。最近の調子はどうだね？」

「お陰さまで繁盛しております。会長には〝顧問〟としてお世話になりっぱなしで、あらためて感謝申し上げます。飲食の方もようやく軌道に乗ってきました」

「それは何よりだ！　君のことは駆け出しの頃から見ているが、教員を辞めて裸一貫からここまではい上がるとは大した器量だ。君、見習わねばならんぞ！」

「はい！」

「そういえば、○○グループがゴトウくんのところと同じような商売を始めたそうじゃないか。君のところにいた従業員も働いているそうだが、引き抜きかね？」

「日本は自由の国です。誰にでもチャンスが与えられているはずですので、私は気にしていません。自社が飛躍するためにもライバルは絶対に必要ですし、お互いに競争意識を強く持って切磋琢磨することがこの業界の認知度を上げ、底上げにつながると信じています」

「さすがだね！　その通りだ。ところで、このお兄ちゃんはどこから拾ってきたのよ」

「ヘッドハンティングですよ。私にもようやく運が開けて参りました。見ての通り、コイツは真面目が取り柄の男でして。これまでの従業員でバンス（給料の前借り）をしたことがないのはコイツしかいませんよ」
「商売は長期深耕型、長く信頼関係を築けるかどうかにかかっとる。上手くいってる時ほど用心せねばならん。焦って暴走して足元すくわれんようにな」

こうして縄張りでの商売が認められ、親分の侠気にほだされてしまった私は、翌年の正月に個人的にこちらの〝会社〟から鏡餅を10万円分購入し、親戚に配った（正月に鏡餅をケツ持ちさんから購入するのが不文律だった）。

仕事は絶好調だった。新店では、これまで「写真詐欺」と揶揄されることも多かった業界の常識を覆すべく、オンナの子を動画で紹介する手法を大々的に取ることに。これが大きな反響を呼び、売上はあっという間に損益分岐点を通過、会社に多大な利益をもたらした。

この稼業は、現金商売。オンナの子へのギャラは即日現金払い。営業終了後に残ったキャッシュを店長が一時的に預かり、後日、社長が住んでいる超高級タワーマンションまで運ぶのだ。噴水のあるエントランスを抜け、社長の部屋にたどり着くまでには、２つのセキュリティゲートを抜けなければならなかった。部屋の中には入らなかったが、社長はよくバスローブ姿で愛犬のチワワを抱いて出てきた。

「アガリ（売上）、持ってきました！」

「ご苦労さん！　オマエはオレの右腕だ。早く〝ゴッチ〟に来いよ」

今思えば、夜間金庫やＡＴＭに入金しない時点で、いわゆる「Ｂ勘」（裏勘定）そのものだ。自分がしていることを違法か適法か、安全か危険かと考えることもしないほど、当時は未熟だった。しかし、ボロ雑巾のように打ちのめされたＡＤ時代と比べ、今やこれだけの生活をしている経営者の右腕として、重宝される存在になった。私はその快感に陶酔しながら、ひたすらに仕事を続けていった。

「９番」は強姦の隠語　人間失格の犯罪者に……

激務とクスリと裏社会からの洗礼で感覚が麻痺し、もはや白も黒もグレーも関係なくなってきていた。内心、薬物は止めるべきだといつも自分に言い聞かせ、「この一回で最後だ」とキメるのだが、少しでもクスリから離れると倦怠感と絶望感に襲われ、仕事に支障が出るどころか、前述のとおり何もする気が起こらなくなってしまう。クスリがなければ〝変身〟できない。みなぎるパワーも溢れるような想像力も発揮できないのだ。

（ここで立ち止まれば、周囲の人間は皆、自分から逃げていってしまう。行くところまで行くしかない）

クスリを続けても止めても、行く道が同じく地獄なら、このまま続ける。最悪の負のスパイラルにハマってしまっていた。そしてついには、イシザカとともに仕事を教えてくれていた先輩、ツチヤとともに恐喝というあってはならない行為に手を染めていたことも白状しておきたい。

イシザカと対照的に、明らかに器量の悪いツチヤは、大学卒業後、リフォーム会社で飛び込み営業をしていたらしい。幹部候補として将来を嘱望される優秀な営業マンだったそうだが、その会社が過剰な営業行為により営業停止処分を食らい、それを期に転職を決意。私と同様に人づてで社長と知り合い、猛烈なラブコール、三顧の礼を以て迎えられたという。前歯は２本抜けていて肥満気味。容姿ははっきり言うとブサイクで、オンナの子を扱う商売に、社長がそこまでして彼を誘った理由が、初めは分からなかった。

聞けば、過激な軍隊式営業がウリのリフォーム会社で心身ともに鍛え抜かれており、それに加えて、お笑い芸人のように多彩な芸で、オンナの子を惹き付ける才能もズバ抜けたものがあるという。事実、ツチヤは自身が店長を務める店のオンナを多数、愛人として囲っていた。そのポイントは仕事ができること、多芸でユニークな人柄だけでなかったようで、実際にツチヤと関係を持ったオンナの子たちは、次のように語ってくれた。

「とにかくセックスが凄い」

「朝でも、昼でも、夜でも、とにかくいつでもＯＫ。持続力もハンパでない。〝歩くバイアグラ〟だと思った」

「一度寝たらそのテクニックにメロメロになり、依存してしまう」

因果なものだ。この話を聞いたとき、ワイドショー番組を制作していた私は思わず、埼玉県本庄市保険金殺人で死刑が確定している八木茂を思い浮かべてしまった。当時、取材をしていた先輩から詳しい話を聞いていたのだが、八木は金融業を営む傍らスナックを経営し、そこに勤めるホステスほぼ全員が愛人であったという。そのうち３人はそれぞれ自分とは別に愛人がいることを知っていながら八木に惚れ込み、揃って操り人形と化して、保険金殺人の共犯になるという最悪の結末を迎えたのだった。

時効を迎えた私の犯罪に話を戻そう。そんなツチヤとともに、私は客からカネをゆすり取るという暴挙に及んでいたのだ。

派遣型風俗はプレイルームとしてラブホテルを利用するが、接客を終えたオンナの子は客の目の前で、店に終了報告の電話を入れるのが通例だ。

そして、スジモンや闇金系など、アウトローほどキレイに遊び、大学教授や医者など社会的地位が高い客ほどトラブルを起こしがちなのは、この仕事をしていて学んだことだ。ヘルスは「本番」がNGにもかかわらず、そんなアッパークラスの客ほど嫌がるオンナの子にご法度を強要し、時には強姦するという事態が発生する。

私が惚れて捨てられたユーキがそうしていたように、店を介さず、オンナの子が客と裏取引して本番行為を行い、カネを稼ぐケースもある。相応のテクニックが求められるヘルスのサービスよりも本番をしてしまった方が時間も短縮でき、肉体的にもラクなので割り切る子もいるのが事実。しかし、それは完全な売春行為になり、管理売春として店そのものが摘発を受けてしまうため、オンナの子にはきつく禁じ、基本的には本番を嫌がる子を採用。本番で稼ぎたいなら、ソープランドで働くことを勧めた。本番行為が行われたとすれば、その多くが客側の無理な要求によるものだった。

私の店では、強姦されたオンナの子は隠語を用いて、次のように電話をするルールになっていた。

「〝9番〟のお客様、これからお帰りです」

このコールを受けた際には、コワモテの〝特殊部隊〟を連れ速やかにホテルへ直行し、状況を確認する。犯人が学校の教員や公務員の場合、たいてい決まって泣きを入れてくる。

「このことがバレたらクビになります……何とか見逃してください！」

弱みにつけ込み、その場は身分証だけ控えて解放するが、後日、私とツチヤで呼び出すのだ。「女性が告訴すると騒いでいる」と脅かした上で、示談金をむしり取るという手口。社会的地位を失いたくない客は四の五の言わず、速やかにカネを払う。面白いほど何度も成功した。

何度も話しているうちに暗唱できるようになったのが、以下の文句だ。

「痴漢冤罪の話を考えれば分かるように、世の風潮はどうしても女性に援護しがちです。たとえ、貴方が弁明したところで、残念ながら信じてもらえないでしょう。自身の恥を上塗りするのがオチです。ウチもこういう商売をやっている以上、こういうトラブルが起きたときに面倒を見てもらう専門のプロの方々が存在するのも事実。でも僕は、穏便に済ませたい。貴方を売りたくないんですよ。何故なら○○さんは、僕が思いを込めたあのサイトを見て、ウチに何度も遊びに来てくれた大事なゲストですから！　どうでしょう、ここは示談ということで、キレイに手打ちにしませんか？」

迫真の猿芝居を打った後、相手は大抵オチる。

「ありがとう！　この恩は一切、忘れない！　うう……本当に、本当にありがとう！」

涙を流しながら私に感謝を述べ、カネを払った人間が何人いたことだろう。このスキームの考案者は私だった。示談交渉の際のトークスクリプトは私が作成し、その通りに私とツチヤで話を進めて、失敗したことは一度もなかった。何せ、引き抜きの失敗で懲りた身分。毎回、用意周到に段取りを組んでから現場に挑んだ。

そして、実際の被害者であるオンナの子には、「ケツ持ちにきっちりヤキを入れてもらって、仇は取ったからな」と一銭も渡さず済ませた。オンナの子からはお礼を言われ、ますます仕事に精を出してもらえる……という、一石二鳥、三鳥という完全なペテンによる暴利を貪ったのだ。

人間失格――こうして当初の思いとは裏腹に、私は裏社会で頭角を現し、気がつけば4店舗の統括マネージャーに昇進。10名以上を部下に持ち、オンナの子約100人を管理するに至った。〝9番〟の客から頂戴する〝臨時雑所得〟を別にしても、月給はAD時代の5倍以上になっていた。

第四章

転落の始まり
——そもそも生まれがブラックだった

両親から受けた深い傷と憎しみ

ここまで、裏社会のブラック企業での日々を振り返ってきたが、さらに時間を巻き戻そう。そもそも、生まれ育った家庭が真っ黒だったのだ。私の転落人生は、ここからすでに始まっていたのだろう。

「お前は好きで生まれた子じゃない」

母親から何度も突き付けられたこの言葉が、今でも脳裏から離れない。自分は望まれてこの世に生を受けたわけではない。小学生の時点でそれを悟らされ、すでに家庭は崩壊していた。破天荒な人生を歩んだ亡き父・正夫はいつもだらしなく、酒と愛人に溺れて暴れていた印象しかない。

「オレは刑務所にも行ったことがあるんだ。ナメるなよ！」

機嫌が悪いとき、悪酔いした父は少年期の私をこう威嚇してきた。前科があり、若い頃に〝オツトメ〟を済ませたらしい。父は30までまともに働いたこともなく、カネとオンナ絡みのトラブルで家族を苦しめ続けた。もともとは映画俳優を目指していたらしく、身長は１８０ｃｍ超、若い頃の石原裕次郎を彷彿とさせる、ダンディーな二枚目ではあったが、辛いことは酒と暴力でしか解消できない、弱い男だったのだ。

そして亡き母・彩子はいつもカネばかりに執着し、死ぬまでカネ絡みのトラブルに終始した人生だった。生命保険の外交員をしていた母は顧客から預かった金を横領し、逃亡した時期もあった。当時中学生だった私は、家に押しかけてきた保険会社の幹部に泣きながら頭を下げ、被害に遭った方々にも謝罪しに出向いた。母が横領したカネはどうにか父が工面したようで、それが酒癖の悪さにますます拍車を掛けたようだ。

「母が大変、ご迷惑をお掛けいたしました。申し訳ございません……」

中学生が親の不祥事の後始末を負わされるなんて、タイムマシンがあるなら当時の自分を慰めに行ってやりたい。母の起こした金銭トラブルの尻拭いで、子どもの頃からどれだけ奔走したことだろう。しかも、自分は金銭トラブルを子どもに押し付けながらも、父への不満を中心に何かにつけ私に八つ当たりをし、暴言を浴びせ続けた。

「ウチはね、父親が酒やオンナにカネをつぎ込んじゃうからから、アンタのことなんて構ってらんないの！　アンタはね、好きで生まれた子じゃないの！　分かった？」

今にして考えても、ここまでヒステリックな人間と出会ったことがないと思うほど、母は癇癪持ちだった。しかもあろうことか、父へのあてつけのように、子どもの前でも平気で卑猥な言葉を連発していた。それが今でもトラウマになっているほどだ。

「アンタって男はね、オンナなんてただの股ぐらを利用するための道具、女中としか思ってないのよ！　この子の前で言ってあげようか？　アンタが女房より大事にしてきたスナックのオンナの名前。アケミにシズカにリョウコ……ご立派ねぇ。ホラ、こんな家早く出ていってそっちのオンナ、抱きに行ったらいいじゃないの！　後はアンタの大好きなソープでも行っておいでよ！　この腐れ外道！」

「オマエ、子どもの前でよくも……言っていいことと悪いことがあるだろうが！」

母は椅子を持ち上げてぶん投げるわ、包丁を持ち出して斬りかかろうとするわ、深夜であろうとすさまじい金切り声を上げて、近所に迷惑を掛け続けた。母の気性の荒さは誰もが認めるところで、父に対し気に入らないことがあれば、いつ何時でも職場にまで押しかけ、父の上司、同僚、部下の前であろうが激しく罵倒する。会社での父の立場も名誉も関係ない。理性も理屈も常識も、母には何も通用しないのだ。私がＡＤ時代、どんなに苦しくても母への送金を欠かさなかった理由が、まさにコレだ。

１９９７年、強盗殺人の指名手配犯として15年間逃げ続け、時効寸前に逮捕された福田和子をワイドショーで見た。「カネに汚く、男を翻弄し、嘘と虚飾で塗り固められた人生」とセンセーショナルに報じられたが、母親とのあまりの類似点の多さに寒気がしたのを覚えている。恐るべき行動力で逃げ回り、窮地に追い込まれても動じることなく巧妙なウソで切り抜ける。私利私欲のために人を巧みに利用し、欲しい物があれば持っている人間から奪い取ればいいという下劣なメンタリティ――。

（ウチの母親もいずれ、こんな事件を起こして世間を騒がせるのではないか）

年若い私は本気で家族の将来を懸念していたが、当人たちはそんな子どもの気持ちなど意に介さず、理性を失って罵倒し合っていた。

「何だオマエ！　武富士からもこんなに借りていやがったのか⁉」

「それが一体、何だって言うのよ！　アンタもしこたまオンナにつぎ込んでるでしょ？」

「何だとこのアマ！　ぶっ殺すぞ！」

この不健全な光景が、私にとっての日常だった。父と母は近隣住人が警察を呼ぶほど壮絶な夫婦ケンカを夜な夜な繰り返し、狭い家の中で何もかも見せつけてくれた。カネにこれだけ困りながら、父親がたまに1万円札を燃やしていたのは薬物にでも手を出していたからだろうか。母親のアタマから灯油を掛けていた光景も目に焼き付き、今でも悪夢に登場することがある。父は本気で母を殺すつもりだったのではないか……。

そんな光景とそこで飛び交う俗悪な言葉が、どれほど子ども心に深い傷を負わせるか。加害者である両親に知る由はなく、二人の間でいつもただ恐怖と悲しみに打ち震え、子どものうちに一生分の涙を流し尽くしてしまった。

私の場合、痛み・苦しみを分かち合う兄弟もいない一人っ子だった。頼れるのは親戚しかおらず、時には助けてもらえたが、常にそばにいてくれるわけではない。あと少しでも私がSOSの声を上げていれば、公的な機関に保護されていたかもしれない。我ながら我慢強い少年だったと思う。両親の浪費により電気、水道はたびたび止まり、家には紫のスーツにパンチパーマの借金取りが押し掛けてきた。実は夜逃げも経験している。

父も母も、喧嘩しては私を外に連れ出した。母は友人の家や実家、ビジネスホテルに私を連れて逃げ込むことが多かったが、父にはよくスナックに連れていかれたことを覚えている。幼少期、深夜のスナックで度々カラオケをやらされた。ホステスの前でアニメソングを歌い、よく褒められていたものだ。

そこまでは楽しくないとも言い切れない、それなりに穏やかな時間なのだが、スナックから出た後の父の飲酒運転が心の底から恐ろしかった。焼酎やウィスキーをストレートで飲みながら、平気で爆走を繰り返す。そんな調子で母の実家に殴り込み、警察に通報され現行犯逮捕されたこともあった。目の前で実の父に手錠が掛けられる瞬間は、今でもハッキリと覚えている。

そんな慌ただしく過ぎる日常の中で、寝不足の状態でも学校へは無理矢理通わされた。自分としても、家に居るより少しは心の平安を保てたが、学校で家庭内でのストレスを晴らすことはできなかった。世はバブル期で、同級生の家庭はどこも羽振りがいい。耳に入ってくる話は楽しい家族旅行の話、買ってもらったオモチャや美味しい外食、自分の家では絶対に叶わない習い事の話……どれもこれも自分と縁遠い楽しげな話題ばかりで、惨めになるのがいつも辛かった。

兄弟がおらず、両親も遊び相手をしてくれず、同級生にも引け目を感じる。内向的な性格も手伝って、唯一の友だちは「テレビ」だった。

それが歪んだ人格の形成に拍車をかけた気がしてならないのだが、松田優作やシルベスター・

スタローンの名作など、およそ小学生が観るとは思えない映画を録画し、繰り返し楽しんでいた。テレビ番組においても『オールナイトフジ』『11PM』など、当時人気を博していたアダルト系の深夜番組も自由に観ることができ、思えばどこかで「エロはウケる＝オンナはカネになる」という方程式を見出していたのかもしれない。

とは言え映画もテレビも、現実を覆してくれるほどの救いにはならなかった。実は小学生の頃一度、遺書を書いたことがある。詳しい内容は覚えていないが、一つだけ記憶しているフレーズがある。

「生きていても何も楽しくない。このままじゃ生き地獄だ」

私には現在、幼い娘が居る。もし、娘が小学生になってこんな遺書を書き、自分のせいで自殺しようものなら私は発狂し、おそらく後を追うだろう。私の両親がそうしたとは思えないが、小学生が遺書を書くというのは、それだけ重いことだと思う。

当時から心のどこかで、「カネがない」ことを不幸の源泉と考えている部分があったのかもしれない。カネのために右往左往する人生は、すでに決まっていたのだろう。

芽生えた「殺意」と、あっけない父の最期

そしてついに、この綱渡りの家庭が崩壊することになる。きっかけは、無理して購入したマイホームだった。今でこそ住宅ローン変動金利が１％未満、平凡なサラリーマンでもマイホームを購入しやすいご時世になったが、当時は５％以上が相場。無理して住宅ローンを組むことにより、無計画過ぎる我が家の財政が逼迫するのは当然のことだった。

高校生の頃、そのローンの返済が限界点に達し、売却せざるを得ない状況に追い込まれた。思い返せば驚愕の事実だが、当時、その売却を主に調整したのは私で、家のポストに入っていた不動産販売のチラシを見て電話し、営業マンを呼んで査定をさせた上で、折衝したのだ。

「この家ですと、〇〇万円ですね」

「いや、そんな安くないでしょう。他の業者のチラシでは、同じ時期に分譲された似たようなタイプの物がもう少し高く値段で出てましたよ？」

父はその頃、毎日のように酒に酔いへべレケになって帰ってきた。交渉の前面に出すのが恥ずかしかった私は、自分でことをどんどん進めていき、最終的にはそこそこの価格で「買いたい」というお客が見つかった。後は母にバトンタッチし詳細な手続きを行わせ、売却は成功し

たのだった。後述するが、後に不動産の仕事をすることになり、その疑似体験だったかもしれない、と運命的なものを感じたものだ。

話を戻そう。念願のマイホームも失った中で、私は高校を出たら新聞奨学生になり、両親と一切の縁を切って、自分一人で生きていこうと決めていた。両親に煩わされない、自分だけの人生を切り拓く。そのために、今はとにかく辛抱するんだ——しかし、そんな一縷の望みを打ち消すように、日々はさらに暗いものになっていく。

会社で何やらトラブルに見舞われたようで、やけ酒に拍車が掛かった父は、毎日のように私に八つ当たりをし、急性アルコール中毒で救急車を呼ぶことが何度もあった。

「息子さんにこんな苦労掛けちゃって……。アンタ、ダメじゃないの？　いいご身分だねぇ。こんなんなるまで酒飲めるんだから、おカネもあるんだねぇ」

救急職員のそんな言葉を聞き、私はこう願っていた。

（カネなんかどこにもないよ。こんなヤツ、生きる資格なんかない。治療は要らないから、どうかそのまま死なせてやってくれ）

酒を飲んでは苦しみ、何度も救急車を呼ぶものだから、そのうちに119番にコールしても相手にしてもらえなくなった。

「またお宅か……。行く医者、間違ってんじゃないの？　こっちは急患で大変なんだから、精神科に入れてくれよ！」

そんなことを平然と、公務員から言われる始末。正論と言う他ない。

母は母でまた何かの金銭トラブルで家出をし、「死のうと思う」と電話してくる。これまで我慢してきたが、もうすべてが終わりに近づいている——そんな気がしていた。

（死ぬ覚悟のある人間が、いちいち電話なんかしてくるか。一人で勝手に死ねばいいだろ。頼むから、電車のホームにだけは飛び込むなよ。カネが掛かるから）

そう思いながら、胸の内と変わらない言葉を電話口の母に言い放った。

「好きにすれば。アンタ言っただろ？　オレは好きで生まれた子じゃないって。実の子どもにそんなこと言うヤツ、生きる資格ないって」

その後、母親は私の予想通り、何事もなかったかのように平然と帰宅。弁明もまったくせず、いつものように好き勝手に振る舞った。

もう我慢の限界だ。何度も自分の人生を諦め、自暴自棄になりかけた10代後半。私はついに、両親の殺害まで本気で考え始めてしまった。強靭な肉体を誇示していた父は年齢とともに衰え、それと反比例するように、私の肉体は日々たくましくなっていった。高校ではレスリング部に入部したが、これには格闘技への関心以上に、傍若無人な両親を力でねじ伏せてやりたい、という考えがあったように思う。

今ならもう、父を力でねじ伏せることだってできるだろう——これまでも幾度となく殺意を覚えながら、「こんなに無価値な人間を殺して少年院に入るなんて、自分が損をするだけだ」と考えていた。そんな理性のタガも外れるほど、極限の精神状態の中で〝終わり〟はあっけなくやってきた。

父がアルコール中毒で急逝したのだ。死ぬ直前は飲酒運転で逮捕され、釈放後まもなくのことだった。廃人のように惨めな死に方で、親戚の誰もが口を揃えて言った。

「死んでくれてホッとした」

あのまま生きながらえていても飲酒運転で人様に迷惑を掛け、あるいは精神に異常を来たして何らかの事件を起こしていたのは間違いない。そうでなくても身体は弱り切り、過酷な闘病生活が待っていただろう。そうなれば、私の将来にまで暗い影を落とすことになる……父の死に一番ホッとしていたのは、紛れもなく私だった。

父の前妻、腹違いの姉との邂逅

父の葬式には前妻の宏美さんとその娘、つまり私の腹違いの姉・久美がやってきた。そのときになって初めて、一人っ子だと信じてきた自分に兄弟がいることを知り、衝撃を受けた。もし一緒に暮らしていて、あの苦しみを分かち合うことができたら、もう少し前向きな気持ちで生きてこられたかもしれない。

「まったく、最後の最後まで酒に溺れて、人を不幸にする人生で終わりやがって……」

宏美さんが吐き捨てるようにつぶやいた言葉が、私の胸に強く突き刺さった。そんな父親の息子であることが、とにかく情けない。早く縁を切りたいと願い続け、死んだことに心からホッとしていても、葬式は決して楽しい場ではなかった。

通常、故人を偲ぶはずである葬儀後の会席。そこでも、伯父連中（父の兄弟）が父の悪口を言っているのが聞こえてくる。

「アイツらしい惨めな最期だったな」
「何でアイツは人を不幸にする生き方しかできなかったのだろう」
「10代の頃から問題ばかり起こして自分でケツを拭いたこと、一度もないよな？」
「あの子（私のこと）がグレなかった理由が分からん。何とか助けてやらないとな」

（結局、父の人生は誰も彼も不幸にしてきたようなものだったのか……）

どう言い繕っても、自分は父の血を受け継いだ分身のような存在だ。父の人格が否定されることに、自分も否定されているような気がして、とにかく辛かった。父がいなくなれば、自分の苦しみは半減するはずだったのに――傷付き、打ちのめされている私に構うことなく、今度は実母の目が届かないところで、前妻の宏美さんからこっそりこれまでのいきさつを聞かされた。それは宏美さんが歩んできた波瀾万丈の半生、父に対する恨み言と私に対しての同情や激励を足して2で割ったような内容で、ますます陰鬱な気分に拍車が掛かった。

「とにかく、あの人の酒癖と暴力には苦しめられたの」

これまで溜まっていた鬱憤を晴らすように、宏美さんの独白は続いた。聞けば、芸能界を目指していた彼女は、映画撮影所で俳優の卵だった父と出会ったという。父は強引に彼女のアパートに転がり込み、同棲生活を始め、やがて姉を授かった。しかし姉が産まれた日もいつものように父は酒に酔い、まるで泥棒のように、施錠された産婦人科の2階の病室に窓から侵入したという。日銭を稼ごうと働きに出ても、2～3日で辞めて帰ってきてしまう。つまり、完全なヒモだったようだ。

そんな父の酒癖と暴力に耐えかねた彼女はある日、久美を連れ、本当に着の身着のまま、突発的に家を飛び出したそうだ。その後、苦労を重ねた末に中洲のスナック経営で成功を収め、バブルが崩壊する前にリタイア。40代で十分な富を得て、その後は悠々自適の日々を過ごしているという。

「あなたは強く生きていかなきゃいけんよ。負けちゃいけん。どんなに苦しくても生き延びる努力をせなあかん！　私も何度、死にたいと思ったか分からんけど歯を食いしばって耐えてきたから、今がある。アンタのお母さんもキツイ人みたいやな……一度、内緒で福岡にも遊びにおいで。久美も弟と初めて会えて喜んどるよ」

姉の久美は実父の葬儀に涙を流す様子もなく、私をずっと見つめていた気がする。最前列にいる私はレーザービームのように背後から突き刺さる、その視線を感じずにはいられなかった。父の葬儀で他に強く印象に残っているのは、前妻・宏美さんと姉との邂逅、そして少ないお布施に不満そうな坊主の無味乾燥なお経だった。墓も購入することができず、致し方なく父の郷里にある先祖代々の墓へ納骨することになった。

父が死に、私のブラック家庭での戦争はひとまず終わった。そしてその後に待ち受けていたのは、学歴社会との格闘だった。

三流高卒フリーターが一念発起して早稲田を目指した理由

そのとき、私は自分の境遇を、授業で学んだ「戦後の焼け野原からの復興」に重ねていた。好き勝手に生きた父は、借金だけを遺して無様に亡くなり、遺産など何もない。それでも、精神的な自由が手に入ったことは、無上の喜びだった。これでもう、父の酒グセとくだらない夫婦喧嘩に苦しめられることはない。父の死後、母の気性の荒さも大幅に緩和された。父の酒グセの悪さこそ、母の癇癪の最大の引き金だったのだ。
その時の心境を喩えるなら、映画『ショーシャンクの空に』で主人公のアンディが刑務所からの脱走に成功し、雨に打たれながら自由を喜び、実感するシーンだろうか。私もアンディのように自由を噛み締める。繁華街を一人で歩くだけでも、幸せな気分だった。

高校卒業後、フリーターとなり、アルバイトをしながら進路を模索していた。一応、大学受験もしたのだが、それまで勉強をする余裕などまったくなかった私は、俗に大東亜帝国と呼ばれる大学郡（大東文化、東海、亜細亜、帝京、国士舘）をいくつか受験してみたものの、すべて不合格だった。高校のレベルからして、必死に勉強してこれらの大学に入れれば御の字、というところだったのだ。

考えてみれば、私はそれまで「受験」を経験したことがなかった。中学時代、「かわいい女子が多そうだ」と何となく入部したバトミントン部で、運よく市大会の団体戦で優勝。周囲に押し付けられたものとはいえ、「学級委員」を経験していたことも功を奏し、高校は推薦で楽に入れたのだ。今にして思うと、必ずしも実態の伴わない「文武両道」という評価に苦笑してしまう。

両親が生きていれば高校卒業と同時に縁を切り（家出をするつもりだった）、新聞奨学生になって、専門学校にでも通おうと考えていた。ところが、父親が死に、家庭内の大トラブルもひとまず終焉を迎えたことで、状況は大きく変わっていた。父方、母方ともに親戚は常識的な人が多く、

「もし、君が本気で大学を目指す気があるのなら、応援するよ。これまで本当によく耐えたね。君の忍耐強さは皆が褒めている。これからは自分の好きなように生きていきなさい。しばらくじっくり考えればいいよ。若いんだから、いくらでもやり直しは利くからね」

そんなありがたい言葉をいただいていた。しかし、何となく大学に入ったところで、本当に明るい未来が待っているのだろうか。特に勉強したいことがあったわけでもない私は、将来に対して葛藤し始めていた。

社会情勢も暗く、険しい。私の10代は、バブル崩壊の失われた20年の前半と重なり、不動産価格、日経平均株価は下落の一途、山一証券が倒産し、阪神淡路大震災に地下鉄サリン事件、神戸連続児童殺傷事件など、とにかく重苦しい世相だけが記憶に残っている。

しかし、考えてみれば、私は自分を守り、両親を憎むことだけに時間を費やしてきた中で、世の中の仕組みをまったく理解していなかった。そのことに気付き、まずは本を買いあさり乱読を試みたのだった。

そこで偶然にも手にした本が、堺屋太一の『大変な時代』という作品だった。この本に衝撃を受け、とにかく今、自分が生きている時代が大変革期に突入していて、これまでの常識が非常識になりつつあることを強く認識させられた。

「大変」とは、「大きく変わる」と書く。その変化に柔軟に対応し大きく変わることができれば、チャンスをつかむことができるのではないか。ピンチはチャンスでもある――気分を高揚させてくれる、素晴らしい作品だった。

一冊の本との出合いが人生観を変え、導火線に火をつけることがある。今にして思えば、最初の一冊は『はだしのゲン』で、戦争という途方もない凄惨な状況下でたくましく生き抜くゲンに、大きな勇気を与えてもらった。

さらに読書を続け、二冊の本にノックアウトされた。一つは、当時、多くの受験生が読んでいた『だからおまえは落ちるんだ、やれ！』。刺激的なタイトルの上、内容も衝撃的だった。元暴走族特攻隊長の有名予備校講師・吉野敬介氏が、まったくのゼロから受験勉強をスタートし、たった4カ月の猛勉強で奇跡の大学合格を果たすストーリーだ。

そして、矢沢永吉の『成りあがり』。今や日本の音楽業界に巨匠として君臨する矢沢永吉は、貧しい幼少時代の経験から、18歳で「ビッグになる」と決意。5万円だけ握り締め、故郷の広島から横浜に向かう夜行列車に飛び乗り、ロック界のスーパースターにまでのし上がったのだった。

「この二冊は凄すぎる……」

自分の中で、確かに何かの化学反応が起きた気がした。とにかく何かで勝負したい。勝ちたい。どの分野で戦えばいいのか……。考えてみたものの、19歳の金ナシ能ナシが挑める分野など、そうそう見つからない。スポーツも、音楽だって、今さら遅いだろう。結局たどり着いたのは、大学受験という月並みなフィールドだった。

「下剋上だ！　成りあがりだ！　これまでの暗い過去、惨めな人生を帳消しにするには一流と呼ばれる大学に入るしかない。どこだ？　東大か、京大か？　いや、一年ではちょっと無理があるな……。でもまったく勉強してこなかった元暴走族だって、4ヶ月の猛勉強で日東駒専レベルに合格できたんだ。そしてオレにはまだ、半年以上の時間がある」

——数日悩んだ末に、私は結論を出した。

「ワセダだ。あの早稲田大学を目指そう！」

第五章　死に物狂いで、早稲田を目指せ！

善は急げだ。早稲田大学を目指すと決めた私は、とりあえず出身高校の進路指導担当教員に相談しに行った。

「あの僕、早稲田に行きたいんですけど」

「え⁉　本気で言ってるのか？　ウチの高校からじゃ、スポーツ推薦で人科（人間科学部）に数年に一人入るかどうかだぞ。まともに受験して入ったヤツなんて、いないんじゃないかな。ちょっと無謀なんじゃないか？」

「でも、行きたいんです。そう決めたので。あと、予備校には通えないのでバイトしながら独学で勉強しようと思っているんですが」

「……無茶言うね。う〜ん、実は先生はね、早稲田卒なんだけど2浪したよ。予備校にも現役時代から含めれば3年通ってね。これから勉強を始めるなら、やっぱりプロの指導は必要だと思うぞ。どうしても行かせてもらえないのか？」

「いろいろ家庭の事情がありまして……。分かりました。でも僕はやってみせますので」

と、こんな感じでとにかく否定的だった。もちろん、高校のレベルを考えれば想定内の反応で、むしろ「ここから奇跡の逆転ホームランを打つんだ！」と、気合いを入れに行ったようなところもある。何せ当時は『だからおまえは落ちるんだ、やれ！』と『成りあがり』の影響をモロに受け、覚醒した状態。そもそも人の意見で自分の決断を変えるつもりなどなく、あくまで参考程度で聞きに行ったにすぎなかった。

突発的に選んだようで、実は早稲田を選んだのには明確な理由があった。

・短期決戦につき5教科勉強しなければならない国立大学は却下。
・(当時の自分にとって) 私立なら早稲田と慶応が頂点である。
・慶応は金持ちの子息が集まるイメージがあり、自分のような貧乏人が行っても惨めな思いに苦しむことになるはずだ。
・早稲田は奨学金制度が充実していた。自分のような学生のために返済義務のない「大隈記念奨学金」「小野梓記念奨学金」など、私立でも何とか通える素地があった (実際に入学後に小野梓記念奨学金は受給することになる。そんな貴重な原資を分けて頂いた私が裏稼業に精を出したことは、早稲田大学にとって痛恨の極みだろう)。
・出題傾向に特徴があることを知り、早稲田にターゲットを絞った専門対策を実施すれば合格確率が高まると判断した。特に社会科が日本史や世界史と比べて、勉強量の少ない政治経済で受験できることが大きかった。当時は政治経済で慶応、上智といった併願校は受験できなかったはずで、難敵を排除できると判断した。

・自由で庶民的な校風。「在野精神」という理念に共鳴した（実際、入学後の当時の早大は自由奔放なカオスそのものだった）。

そうした理由から、志望校は自然と早稲田に絞られたのだった。無論、私にとっては高嶺の花で、無謀な挑戦である。しかし、焼け野原にいるゼロの自分に失うものなど何もなく、前例も今の学力も、周囲の目も関係なかった。

「人生を変えるには早稲田に入るしかない！」

年若く、安直で短絡的な思考に固執し、ほとんど洗脳状態だった。振り返れば、人生を変えるために早稲田に行かなければならない理由など微塵もない。しかし、当時は世の中のすべてを早稲田中心に考えていた。関連する書籍は受験本に限らず、五木寛之の『青春の門』、村上春樹の『ノルウェイの森』など、何でも読み漁ったものだ。

今振り返れば実力主義、成果主義の当世、〇〇大学出身などという肩書きは企業の採用においても大したアドバンテージにならないし、一流大学を出れば安泰な人生が送れるほど、激動の時代は甘くない。

「大切なことは、自分の力でメシが食える自立した大人になること」

そう気付いたのは、恥ずかしながら社会に出てからだった。

半年で偏差値を20上げることができた、たった3つのポイント

当時の経済的事情から塾・予備校に通うことはできず、アルバイトをしながらの完全独学を決意した。ここでは自伝的な内容から少し趣向を変え、私が取り組んだ勉強法をご紹介したいと思う。私は塾講師でも受験コンサルタントでもないので、プロから見ればトンチンカンなことかもしれないが、その点はご了承いただきたい。あくまで、三流高校出身のフリーターが、アルバイトをしながら3教科の偏差値を20上げ、早稲田に合格したという一例である。

【三大ポイント】

①出家する（断捨離）

②四当五落（強い精神力）

③入りたい大学の試験に出そうな部分しか勉強しない（選択と集中）

大きく分けて、この3つの要因が大きかったと思う。それぞれ簡単に解説していこう。

①出家する（断捨離）

18～19歳という年齢は、人生で最も燃えたぎる情熱を持ち、身も心もタフなハッピーな時期かもしれない。異性に対する興味が強いのは誰でも同じはずで、本来なら受験勉強などせず、デートをしたり、遊んだりしたい。異性に限らず、テレビにマンガ、映画、音楽、スポーツなどなど、恵まれた日本には娯楽が無数にあり、誘惑は数知れない。

そんな状況でも競争倍率10倍、10人中、8～9人は負けるという厳しい勝負の現実が待っている。そこで勝ち残ることを考えたとき、私はまず、すべての誘惑を断ち切ることに決めた。奇しくも、その後に出会う風俗王＝ゴトウ社長の考えと重なる発想だ。

つまり、人とはほとんど付き合わず、接点を持たない。携帯電話も持たず、テレビもラジカセも捨てる。当時、どうしても欲しかったパソコンも購入を諦めた。とにかく、身の周りから誘惑を排除していったのだ。

ただ一点、徹底できなかったという後悔もある。つまり、本来ならアルバイトも捨てるべきだった。早稲田を目指すに当たり、運送会社での仕分け作業のアルバイトは週に2度だけに減らしたが、その10時間すらも受験勉強に回すべきだった。後述するが、私は第一志望の政治経済学部には合格できておらず、最高の結果は得られていないからだ。

なぜ「支援する」と約束してくれた親戚に、素直に頭を下げることができなかったのだろうか。たかが、月4万程度、半年で24万程度だ。もし今、親戚で同じような境遇の子がいたら私は押し付けてでもカネを出すだろう。つまらないプライドを「捨て」られなかったことに、今も悔いが残る。

②四当五落（強い精神力）

4時間睡眠：合格、5時間睡眠：不合格——合格したければ睡眠時間を4時間以内に抑え、残りの時間を本業に全力投球するという意味の古い言葉だ。根拠のない言い伝えかもしれないが、10代という若さゆえにできることでもあり、一度は挑戦してみる価値があった。前述の『だからおまえは落ちるんだ、やれ!』を読み、「血を吐いて倒れるほど」勉強したという、吉野氏を真似る意味もあった。

要するに、睡眠欲を可能な限り制御するということで、最後に強い精神力がモノをいうのは、受験勉強に限った話ではない。ビジネスでもスポーツでも、気合と根性は絶対に必要だ。そう考え、睡眠不足に耐えながら、黙々と机に向かう時間は退屈で厳しいものだったが、ペーパーテストという暗記主体の試験は、基本的には短期決戦で挑むのが最も効率的であるというのが私の持論だ。

余談ではあるが、考えてみると社会人になってからは睡眠4時間どころではなくなってしまった。一日中動き回った上、上司に怒鳴られながら2日間の徹夜をするような仕事を経験し、「受験勉強などラクな方だったなあ」と振り返る始末。もし今、同じ環境に身を置くことができたなら、すぐに難関資格試験にトライしたいと思うほどだ。死ぬ気で働く20代、30代のモーレツビジネスマンにとっては、徹夜など日常茶飯事。それに比べれば肉体が最もタフな10代のうちに「四当五落」の精神で受験勉強に挑むのは、実はそれほど過酷なことではなく、極めて現実的な標語だったのだ。

③入りたい大学の試験に出そうな部分しか勉強しない（選択と集中）

予備校では普通に教えられていることなのかもしれないが、私は事前に徹底的にリサーチした結果、大学受験は学校によって出題傾向がまったく異なり、ターゲットを絞った方が間違いなく合格可能性が高まると悟った。早稲田が社会科において当時、慶応や上智と異なり政治経済で受験できたアドバンテージは先に述べたが、他にも英語に関してヒアリング・リスニング、国語に関しては小論文、漢文（第一文学部を除く）を重視せず、配点に重きが置かれていないことに気付いたのだった。ゆえにこれらの勉強が切り捨てられることも、リソースを他に回すための戦略だった。
私の場合は社会科（政治経済）で満点近くを取り、総合点で合格ラインを超える作戦だった。吉野氏の本でも「英語は捨てて、国語と日本史で満点近くを取れば総合点では合格するはず」と述べられており、その手法をアレンジしてみようと考えたのだ。
もう一つの理由は、基本的に勉強は嫌いだったものの、「政治経済」だけは日本の現状、実業界の仕組みが分かり、面白く感じることができたからだ。唯一、勉強が苦にならず、やればやるほど偏差値が上がるこの科目は、私にとって合格への頼みの綱だった（それゆえに第一志望も政治経済学部とした）。

私はこれら3つの基本戦略をもとに、独学での短期決戦を開始。それに伴い、「独学であれば、教材だけは最良のものを選ばなければ」と、厳選した参考書の完全消化を目指した。こちらも簡単に記載しておこう。

【英語】

英単語については旺文社の『英単語ターゲット1900』を丸暗記。その他、文法や読解問題については当時からカリスマ講師であった東進ハイスクールの安河内哲也先生、代々木ゼミナールの西谷昇二先生の参考書を買い漁り、貪るように読み尽くし、完璧に消化してボロボロになるまで使い倒した。安河内先生、西谷先生共々参考書の中で人生哲学についても頻繁に述べられており、受験生を激励するメッセージに励まされたのも、モチベーションの維持に大変役立った。

【国語】

現代文については、代々木ゼミナールの酒井敏行先生の参考書をベースにした。酒井先生自身が早稲田（政経）のご出身で、代ゼミでも『早大現代文』という名物講義を長年担当されていたからだ。講義では檀上に早大の校旗を掲げられるほど愛校心の強い方で、反戦家。講義中に反戦を訴え涙を流すというエピソードを聞き、金銭的な余裕があれば実際に講義を受けに行きたいくらい、興味を惹かれる存在だった。致し方なく講義を収録した音声教材と『現代文ミラクルアイランド』というバイブル本をやはりボロボロになるまで読んだ。現代文は暗記モノというより実戦トレーニングが重要と感じ、後はひたすら練習問題・早大模試に明け暮れる。古文については言わずもがな、吉野敬介氏の著作を貪るように読み尽くしたのみだ。

【社会科（政治経済）】

高校の教科書でも採用されている山川出版社の『用語集』を端から端まで丸暗記し、教科書も何度も通読。2〜3回ビリビリに破けてしまい、買い直した記憶がある。時事問題対策としては図書館で新聞を斜め読みし、主要トピックをチェック。後はやはり早大模試を受けまくり、早稲田が好みそうなテーマのみに注力する手法だった東進ハイスクールの清水雅博先生の『政経ハンドブック』という本も素晴らしく、この本は大学に入ってからも読み直すほど内容の濃い一冊だった。

チャラつく同年代への嫉妬が、パワーに変わる

勉強を初めて間もなく、手始めに有名予備校の「早稲田模擬試験」を受験してみたところ、当然ながら「E」判定。総合偏差値は40そこそこだった。

「ふう、こんなものか」

これは想定内のことで、「半年後に偏差値が20程度、上がっていれば何とかなる」という現在地を知るための取り組みにすぎなかった。それから毎日、朝4時に起きて自宅で2時間勉強

した後、電車に乗って1時間半ほど掛けて都市部の図書館に行き、自習室に開館から閉館までこもった。図書館から帰宅した後は僅かな休息（食事・入浴）を取り、時間の許す限り勉強し、24時に就寝。一日14時間ほどは勉強していたのではないだろうか。バイトのシフトも工夫して、図書館の休館日に充てた。母親は夜のパートで帰宅は遅く、家では朝に少し顔を合わせる程度だった。たまに会話をしても、

「とりあえず大学に行こうと思う。受験勉強を頑張るからそっとしておいてくれ」
「どこの大学を受験する気？」
「日東駒専辺りを目指そうと思ってる。○○伯父さんや○○叔父さんも支援してくれるって言うし、奨学金も母子家庭ならもらえるから」

と、正直に早稲田志望と言うことができなかった。あまりに高い目標に、バカにされてケンカになる気がしてならなかったからだ。

「……そう。好きなようにしなさい。あなたには苦労かけた。何もしてやれないけど頑張りなさい」

母はそう投げやりに答えた。考えてみれば、父が存命の頃は家の中は常に修羅場だった。罵声、怒声、金切り声、モノが壊れる音、救急車やパトカーが接近してくるサイレン……父がいなくなるだけで、それが何事もなかったかのように家が静まり返っている。その静寂が、受験勉強に没頭するベースになったのだ。

前述のように独自の勉強法を確立し、まさに修羅のごとく、寝食を忘れるほど受験勉強に没頭する日々が半年ほど続いた。過酷で苦しい日々であったが、それよりもブラック家庭から解放され、自由にゼロから自分の人生を切り拓いていける希望が強い精神力に変わり、自身を支えてくれたのだと思う。

「断捨離」などと偉そうなことを言ったが、受験期間で一番、辛かったことは勉強そのものではなく、やはり遊びへの誘惑だった。それも、他ならぬ早稲田大学のキャンパスを見学しに行った際に、その思いは最大限に強くなった。

早稲田を目指すなら実物を見てみようと、西早稲田の本部キャンパスに足を踏み入れ、私は青春を謳歌する同世代の日常に衝撃を受けた。

「ハハハ！　今日はどこに飲み行く？　馬場（高田馬場）で18時にどうよ？」

「何だ、もう別れちゃったの？　今年に入ってオマエ、何人目だよ〜」

「今度、彼女と同棲することにしてさあ」

「来週、○○大と合コンなんだー。カッコイイ人来ないかなあ。超楽しみぃ〜」


耳に入ってくる会話は、ザ・青春。目の前に広がる光景は、大学というよりアミューズメントパークか野外ライブ会場、デートコースの公園に見えた。

（何てチャラいヤツらが集まっているんだ……）

茶髪にロン毛、ピアス、ミニスカート。一流大学、在野の精神——そんな言葉に似つかわしくない、派手な身なりの男女がそこら中のベンチでイチャイチャしている。当時の私にとって聖地であった大隈講堂の石段で抱き合ってるカップルもいた。

その楽しげな喧騒は、どこに行っても付いて回る。学内で弾き語りをしている人もいるし、サークルの部室らしき部屋からは麻雀を囲む音、酒を飲んでいるのかドンチャン騒ぎの笑い声が響きわたる。ディズニーランドのアトラクションのように、白いタバコの煙がモクモクと充満していた。


これが憧れの早稲田か、と落胆するようなことはなく、同年代が楽しく遊んでいることへの悔しさがこみ上げてくる。自分は家庭環境のせいで散々苦しんできた上に、これから受験勉強という孤独な戦いを続けなければいけない。ああ、遊びたい。いったいいつまで苦しみ続ければいいのか――。行き場のない苛立ちを隠せず、路上に唾を吐いた。

（チクショウ、受かるしかないだろ。結果を出すしか……今に見てろよ！　クソッ！）

私はこぼれそうになる涙を必死にこらえ、西早稲田から高田馬場まで、憧れの早大生の中に紛れて歩いて帰ったのだった。


受験勉強を始めて3ヶ月が経過した頃、自分に異変が起きていることに気が付いた。物理的な面では、1・5あった視力は0・1にまで低下し、体重は10キロ以上落ちた。夜中まで目を酷使し、また眠気対策で食事を最小限に抑えた結果だ。居眠りで乗り過ごさないよう、電車では必ず立っていたので、足腰も少し丈夫になったかもしれない。

そして、一番の異変は「学力」だった。秋口だっただろうか、早大模試でそれまでずっと「E」判定しか取ったことがなかったところが、「C」判定を取ることができたのだ。その要因は、得意科目の政治経済で全国3位になり、他の科目の出遅れを強烈に巻き返すことができたからだった。

（吉野式は間違ってない！　政治経済でこのままぶっちぎって、英語・国語をそこそこのレベルに仕上げれば奇跡は起きるかもしれない……）

絶対合格の決意をしても、不安は尽きることがなかった。そんな中で、確かな手応えを感じた瞬間だった。同時に、模試の結果を取りに行った予備校で、私はさらなる発奮材料を手にすることになる。

ふと自分と違い予備校に通いながら受験勉強をしている同世代の生態が知りたくなり、校舎への潜入を試みた。そこで目にしたのは、まさに早稲田大学キャンパスで見た光景の焼き増しのようなものだった。茶髪にロン毛、ピアス、ミニスカート、ひたすら携帯メールに没頭する輩たち。聞こえてくる会話といえば、

「あ〜だりぃ〜。おう！　これからちょっと飲みに行くべ。模試も終わったから、打ち上げだ！」

(え？　打ち上げって、合格してからやることじゃないの？)

「何だよ、またE判定かよ！　あーあ、ダメだった。まあいいや！　今日はカラオケでも行って、みんなでパーッと騒ごうや！」

「いいねぇ〜！」

(模試の結果見直して、今後の対策練るのが先じゃないのか……)

「最近、彼氏とうまくいってなくてさ。今夜も会ってこれからのこと、話し合うつもりなの……」

「じゃあ、今日は模試の復習どころじゃないね」
「いいよ！　どうせなるようにしかならないし。私にとっては恋愛の方がずっと大事だし」
（あなた、恋愛どころじゃないでしょ？　大学に受かることがまず考えるべき「これからのこと」じゃないの？）

このとき、予備校という場所は実に誘惑が多いのだと気がついた。年頃の男女が多く集まれば、よほど強い精神力がない限り誘惑には勝てない。結局は「付き合う、付き合わない」「やる、やらない」の話になり、受験勉強どころではなくなってしまうのだ。予備校には諸刃の刀が存在していた。

（しめた！　強敵だと思っていた予備校通いのヤツらは、こうして時間を浪費している。その隙にオレは徹底的に勉強すればいい。アリとキリギリスの方程式だ。あと3ヶ月、死に物狂いでやれば、オレは勝てる！）

この出来事は、私にラストスパートを切らせる劇薬になった。そこから先はまさに意地の世界。もう「辛い」とか、そういう次元の話じゃない。私は半狂乱になり、「親のスネをかじって片手間に勉強しているヤツらに負けたら、オレは人生の落伍者になり、もう野垂れ死にするしかない」という意気込みで、最終局面を迎えていた。

そして最後の早大模試――奇跡は起きた。

偏差値がついに、合格ラインに手が届く60台まで上がったのだ。政治経済はトップクラスを維持し。全国トップ10を維持したまま、英語と国語の成績も大幅に向上した結果だった。捨て身の努力は確実に実り始めていた。

悪夢再来――父が遺した借金と、まさかの受験結果

模擬試験の好結果を受けて、自信が確信に変わった……と言いたいところだが、実はこの大事な時期に、またも家庭で悪夢の出来事が起こった。

「お父さんが遺した借金のことで相談があるんだけど……」

受験が目前に迫る中、母親は急に打ち明けてきた。

「あの人はもう死んだでしょ？　何で今さらそんな話が出てくるんだよ」

「今ごろになってある人が訪ねてきて、お父さんにお金を貸したって迫ってきたのよ。あなた

アルバイトしてるんでしょ？　何とかそのお金、まわしてもらえないかしら」

あまりにも身勝手な言葉に、私の理性はそれ以上保たれなかった。

「ふざけんな！　オレは塾にも予備校にも行かず、自力でやってんだ！　バイトで稼いだカネは食費、交通費、教材費、模試費用でいっぱいいっぱいなんだよ！　受験費用だって一回３万以上掛かるの知ってるのか⁉　アンタ、どうしてそこまで実の子を追い詰めて、苦しめ続けることができるんだよ。どうして……」

「ごめんね……。でも、どうしようもないのよ」

それまでなら逆上して金切り声を上げていた母親ももう弱々しく、それ以上、私に反論することができないようだった。私は困り果て、仕方なく信頼できる伯父に相談することにした。ついでに私が早稲田を目指していて合格した暁には金銭的に援助をしてほしいこと、この期に及んで父親が遺した借金のせいで追い詰められていることを正直に、洗いざらい告白した。

「オマエ、こんなに痩せてしまって……。ちゃんと食べているのか？　どうしてもっと早く相談してくれなかったんだ？　困ってるなら遠慮なく言えって、オジサン言っただろう。何でそんなに一人で抱え込もうとするんだ！　バカ野郎……」

伯父さんは私を抱き締め、涙ながらにそう言ってくれた。

「散々ウチの親が迷惑掛けてきて、これ以上、迷惑掛けたくなかったんです」

「オマエはまだ未成年じゃないか。もう何も心配することはない。おカネのことはオジサンが何とかしてやる。オマエは賢い子だと、ずっと思ってきたよ。幼稚園の時に京浜東北線の乗車駅、大宮から大船まで、全部自然に記憶して正確にスラスラと言ってみせて皆を驚かせたんだ。あれは忘れられないよ。きっとオマエなら早稲田に受かることだってできるはずだ。余計なことは気にせず、頑張りなさい」

捨てる神あれば拾う神あり。世の中には親に捨てられ、親戚にも見捨てられる不幸な人だっている。その一方で、幸運にも私は心ある親切な親戚に恵まれた。私が野垂れ死にせず、ここまでやってこれたのは、すべてそのお陰だと本気で思う。

（何が何でも伯父さんたちの期待に絶対に応えなくては！　意地でも合格するんだ）

早稲田のキャンパスと予備校で見た、恵まれた同世代たち嫉妬すべき日常。死後に発覚した、父が遺した借金。そして、あまりに温かい伯父の言葉……その全てがカンフル剤になり、私は無尽蔵の努力をすることができた。「若い時の苦労は買ってでもしろ」という言葉が身に染みる。若いときの苦労は、実は苦労じゃない。その後を生き抜く原動力になるのだ。

元旦から最後の1ケ月はさらに修羅となり、正月も完全に家に閉じこもって、耳栓をして勉強に明け暮れた。この頃にはついに食事も満足に取らず、風呂にも滅多に入らなくなっていた。母親には「一切、話し掛けないでくれ」と強く言い聞かせ、移動中は暗記すべきことを自分で吹き込んだテープを聞き、「四当五落」どころか、眠くなれば安全ピンを脚に突き刺して睡魔と戦う日々。体重はますます減少し、高校時代に着ていたズボンはどれもブカブカで着ることが困難な状態になっていった。伯父に恩返しをしたいという思いも残ってはいたが、心身ともに限界を超える中で唱えていたのは、こんなことだ。

（オレをナメた世間を殺るしかない！　カネがない人間をここまで苦しめる世の中にオレはオトシマエを付けさせる！　地獄の沙汰もカネ次第なんだろ？　だからオレは、早稲田に受かって何もかもひっくり返す！）

そしていよいよ迎えた2月の受験シーズン。何が勉強したいわけでもなく、「早稲田に入り人生を変えること」が目的であったため、節操なく政治経済学部、法学部、商学部、教育学部、第一文学部、社会科学部と、受けられる学部はすべて受験した。

受験が終わり、合格発表までの間の率直な感想は、「教育学部以外は、間違いなく落ちたな」というものだった。死ぬほど努力しても、政経学部、法学部、商学部、社会科学部の試験は、難関すぎて太刀打ちできなかった。試験が終わった瞬間に敗北を確信したほどだ。第一文学部の試験に至っては小論文があり、まったく対策していなかったものだから、自分でも何を書いているか分からなかった。

それでも絶望的な気分にならなかったのは、教育学部だけは確かな手応えがあったからだ。問題文から出題者の意図が理解でき、自信を持って解答することができた。

(教育学部は受かった！　教員免許を取って、公立学校の教員になるか、上級公務員になって安定した道を目指そうかな)

そんな呑気な思いで合格発表日を待ち構えていた。早稲田の合格発表は政経学部が早く、社会科学部が三月に入ってからと一番遅かった。今ではインターネット経由で合否を確認できるそうだが、私の時代はキャンパスに出向いて掲示板を確認しなければならなかった。

予想通り、政経・法・商・第一文学部は落ちていた。しかし、大本命は教育学部。悠長に構えて確認したところ、あろうことか自分の受験番号は掲示されていない。

（まさか……。教育学部の解答は完璧だったはずなのに、どうして）

この時はショックを隠せず、早稲田への道が閉ざされたと確信し、荒れに荒れた。その足で高田馬場の居酒屋に行き、かつての父親のように酔いつぶれて家路に就いた。

「どうだったの？　……ちょっとアナタ、お酒飲んだの？　一体、どうしたのよ」

酩酊状態の私は、ここぞとばかりにこれまでの恨みをぶつけた。

「ああ、ダメだったよ！　アンタらのせいだ！　最初からアンタらに足引っ張られずに勉強できてりゃ、こんなことならなかった……。オマエらの間に生まれ落ちた時点で、オレの運命は決まってたんだよ！　絶対に幸せになれないって。ハハハ……笑えよ。ああ、ヤクザにでもなろうかな。そうすりゃ、オヤジが遺した借金も踏み倒せるかもしれないぞ。とにかくもう、オレのことは放っておいてくれ！　アンタとつながっているだけで……アンタが生きているだけで、オレは不幸になるんだ！」

母は無言のまま、自室に引き下がっていった。血気盛んだった頃とは対照的に母も加齢からかどんどん体が小さくなっていた。人間、年齢には勝てないのか。あれほど憎んだ父と同じように、酔いに任せて喚き散らした自分が嫌になった。

そして後日、社会科学部の合格発表日が訪れた。どうせ受かっているはずがないから、行っても無駄だと思っていた。しかし、専門学校に進むことを決断する前に、踏ん切りをつける意味でも結果を見届けようと、重い足取りでキャンパスに向かった。

【4078】

受験番号は、今でも覚えている。信じられないことに、合格発表掲示板に、この番号が並んでいたのだ。

「うおぉぉぉぉぉぉぉお‼」

周囲の目も気にせず、気が狂ったように叫んだ。近くにいたアメフトだかアイスホッケー部のゴツい男たちに囲まれ、胴上げをされた。

奇跡は起きた。簡単ではあるが、これが私の半年間にわたる早稲田合格体験談だ。

ちなみに、母の反応は極めてタンパクなものだった。

「受かったから、早稲田に行くことに決めたよ」

「よかったわね……。頑張るのよ。母さん、応援してるから」

言葉こそ「応援している」という前向きなものだったが、まるで他人事のような口ぶりで、母にとっては私の大学のことなどどうでもいいように感じた。

後日、出身高校に内申書を発行してもらった手前、結果を報告しに行った。最初に受験の相談をしに行った際に、冷めた目で「無謀なんじゃないか」と言った進路指導教員が、「信じられない」と目を丸くしている。彼は一般論を口にしたまでで、まったく罪はないが、

（ざまあみろ!　オレの可能性を勝手に決め付けやがって!）

などと、私は心の中で溜飲を下げていた。ブラック家庭に疲弊しきり、努力をする気も起こらなかった少年時代。自分の力で殻を破ったのは、初めての経験だった。結果が出れば、恨み

節よりも人に感謝する余裕が出てくるもので、支援してくれた親戚の方々にもさっそく報告したところ、皆が我が子のことのように喜び、本当に多くの祝い金を現金書留で送ってくれた。それに加え、決して安くない私立大学の初年度納入金を親戚が分担して、負担してくれたのだ。2年目以降は奨学金とアルバイトで何とかなる。実は不安もあったのだが、これで4年間、大学に通える算段がついた。こうして私は、憧れの〝都の西北〟へのパスポートを手に入れたのだった。

さて、余談ではあるが、私は社会人になってから、ある不動産会社で働きながら「宅地建物取引主任者」（宅建）の試験に挑戦し、同じく半年ほどの勉強期間で合格することができた。大学受験とどちらがキツかったかといえば、実は圧倒的に宅建だ。意外に思われるかもしれないが、週に6日間、働かずに1日14時間も勉強に没頭できる環境と、早朝から深夜まで馬車馬のように働きながら勉強する営業マンでは、どちらが楽かなんて言うまでもないだろう。説教臭くなるのも何だが、もし読者の中に受験勉強に専念できる学生、浪人生がいれば、自分が置かれている環境が本当に恵まれていると認識して、ハッピーな気持ちで受験勉強に臨んでほしい。要領よくやれば、早稲田大学に合格することは実は難しくないと、今の私は信じている。

カオスでアナーキーなキャンパスライフ

大学時代は、風呂もトイレもない「トキワ壮」のようなボロアパートから始まる、絵に描いたような苦学生生活だった。家賃は2万円台、文学部キャンパスと戸山公園のすぐ近くだった。住人は早稲田の学生で埋め尽くされ、薄い壁一枚を隔てた構造で、隣の携帯電話が鳴れば自分の携帯と勘違いしてしまうほどだった。

加えて、筆舌に尽くしがたい悪臭。夜な夜な侃々諤々の議論の声、いやでも耳に入ってくる動物とも人間ともつかぬ喘ぎ声。廊下に散乱したカップラーメンの残り汁にタバコの吸い殻が浮かび、ゴキブリがうろつく光景が、昨日のことのように思い出せる。左翼過激派の革マルがアジトにしているのか、と疑いたくなるほどアウトローなオーラが充満する、カオス一色のアパートだった。

入学したはいいが、実はすぐに学業の方には失望していた。高校の教員から「大学の授業は面白い」と聞いていたこともあり、大いに期待していたが、理想と現実のギャップはあまりにも大きかった。多くの授業が教科書の内容をそのまま聞かされるだけ、念仏を聞いているような気分で、苦痛以外の何物でもない。カリスマ予備校講師のCD講義が、どれだけ面白かったか。天下の早稲田大学で行われている講義だったら、それを上回る感動が得られると信じていたのに……。

ここは私立大学。年間で高額な授業料を支払い、初年度は親戚に面倒見てもらっているのだから、学業以外で得られる何かを早急に探さなければならない。そして出した答えは、「働くこと」だった。社会人になる前に、社会との接点を持って世の中を少しでも知っておくことは、将来に向けて価値のあることだと思った。そうして私は、アルバイトに傾倒していったのだった。

警備員に英会話教材のセールス、家電量販店の販売員にカラオケ店員、リゾートホテルの住み込みバイトに、ラーメン屋のホール……と、とにかく何でもやった。ただし、塾講師、家庭教師は理数系が弱い左脳コンプレックスからあえて避けた。受験科目だけをひたすら勉強してきて、小学生の算数の問題も解けないバカが発覚するのが怖かったのだ。

そうしてあくせく働き、貸代奨学金、給付奨学金も含めれば、月の手取りで40万円程度だったと思う。自由に使えるカネがあることに浮かれ、コム・デ・ギャルソンやキャサリン・ハムネットなどのブランド品で身を固めてみた時期もあったが、すぐに飽きた。食にもあまり興味がなく、「ワセベン」と呼ばれる学生御用達の弁当屋で、安く異常なほどボリュームのある、脂っこい弁当を買って食べるのが、一番のごちそうだった。結果、稼いだカネは貯金に回すことになり、卒業時の残高はおよそ500万円。残高が増えていくことが無上のよろこびで、通帳を眺めては癒やされる日々――やはり、普通の学生生活ではなかった。

しかし、バイト先で出会った様々なバックグラウンドを持った人間から受けた刺激は強く、大学の授業より得たものは確実に大きかったと思う。徹夜仕事も辞さず、自身の力でカネを稼ぐ充実感と快感、そして自分で人生をコントロールできる喜びを覚え、4年間のモラトリアムを満喫することになった。人生で初めての、楽しい時間だった。

そんな自由を享受できる背景には、私が入学した「社会科学部」の特殊なカルチャーがあったかもしれない。当時の同学部のパブリックイメージは、「早稲田内でのすべり止め」というのが偽らざるところ。政経、法、商学部に落ちた者の受け皿になっており、それだけに「早稲田命」で入学してきた熱い人間、変わり者が多かった。卒業生にも小室哲哉・デーモン小暮・与沢翼・室井滋など、個性派が揃っている。第二外国語や卒業論文がないという自由度の高さで、学業よりもサークル活動や趣味に没頭する学生が多く、私の場合はあり余る自由な時間を労働に費やすことができたのだった。教育学部に入っていれば、こうはいかなかっただろう。

もっとも、学業の方も完全に放棄することはできず、貸与奨学金（日本学生支援機構）以外にも返還義務のない給付奨学金（小野梓記念奨学金）も受給していたため、一定の成績が求められた。それゆえ、テスト前だけは大学受験時代の短期決戦戦略を存分に駆使し、書面上の成績は「優」だらけの優等生、いわば特待生だったのだった。

そして就職へ――早稲田に入って、結局何が変わったか

当時の早稲田大学の状況を、もう少しだけお伝えしよう。

現在のキャンパスは改築が進み、かつての廃墟のような建物が少なくなったと聞くが、私の在学中はその過渡期だった。政治経済学部の3号館、法学部の8号館地下など、かつての学生運動さながら、火炎瓶が投げ込まれてもおかしくなさそうなカオスなムードが、個人的には好きだった。

「貧乏学生が集まる大学」という印象を持って入学したところが、実際は金持ちの子息ばかり、という意外な現実にも直面した。自分が2万円台で風呂なし・トイレ共同のボロアパートに住む一方で、医者や資産家の子息も多く、バイトもせずに家賃10万円のマンションに住んでいる同級生もいた。惨めな思いが、「カネを稼がなければ」という強迫観念に拍車をかけたのだった。

また、当時は「オールラウンドサークル」と呼ばれるお遊びサークルが全盛の時代だった。皆さんの脳裏にもよぎるであろう、アノ事件を起こしたサークルのようなものだ。彼らは性に対しても過激で奔放。夜な夜な痛飲し、大騒ぎをし、合コンで集めた他大の女子大生に〝スーパーヤリヤリサワー〟なるスピリタスが配合されたカクテル（サークル内では「ノーベル賞モノの発明」と絶賛されていたらしい）で酩酊させ、有り余る若い性欲を発散させていた。「打

って、打って、打ちまくれ！」が彼らの合言葉で、破廉恥を極め尽くしていたのだった。

同級生がその手のオールラウンドサークルに所属していて、その性豪ぶりをよく自慢していた。

「オレさ、手帳の月間カレンダーのとこに『正』の字で、その月に何人のオンナを打ったか記録してんだ。ほれ、今月はもう『正』の字が3つだべ？　明日、○○女子大のテニサー（テニスサークル）の新歓だし、また、打っちゃおーっと！　早稲田入ってよかった！」

まったく動物以下のバカ。バカ田大学の恥としか言いようがない。

もちろん、そんな暴挙がいつまでも看過されるはずもなく、ある事件が火種となって、これらサークルは社会問題化し、彼らは社会的制裁を受けることになる。当時のマスコミは〝都の西北ならぬ、都の性欲〟との見出しを付け、思わず噴き出してしまう洒脱なセンスに感心したものだ。

傍目で見ていた私も、オンナの子をオモチャのように扱う彼らを羨ましく、あわよくば接点を持ちたいという願望を抱いたことも事実だ。しかし、幸か不幸かその思いが成就することはなく、大学時代は地味な異性交遊に留まった。まさかその数年後に、自分がオンナの子を扱うプロになるとは……人生、何が起こるか本当に分からない。

結局のところ、大学生活の4年間はバイトに明け暮れ、後は適当に騒ぎ、適当に遊ぶ無為徒食で怠惰な日々を消化していったにすぎない。その中で、気が付けばブラック家庭のことはもう、過去の話になっていたが、果たして私は、「底辺から脱出し、生まれ変わる」ことができたのだろうか。早大卒という学歴だけは得ることができたが、やってきたことはカネを追いかけ、自由な時間を謳歌しただけ。何のことはない、オールラウンドサークルの彼らと同じように、目の前の欲に溺れていたのだ。早稲田大学を出ても、私はやはりバカのままだった。就職の前後において、自分が考えなしだったことが露見する。

悩んだ挙句、私が選んだのは、本書の冒頭に登場した映像制作会社である。劣悪な家庭環境の煩悶の中で、ささやかな楽しみだった映画という娯楽。先述の通り、両親ともに愛人の影があり、帰宅が遅いのをいいことに、小学生の頃から古今東西のあらゆる映画を観てきた。偏屈極まりないことに、少年期の心の琴線に触れたのは松田優作のハードボイルド作品だった。テレビで観た『蘇える金狼』、『野獣死すべし』に始まり、遺作となった『ブラック・レイン』。大人になってからも何十回鑑賞したことだろう。

〝刺すような毒気がなけりゃ、男稼業もお終いサ〟(映画『蘇える金狼』)

最も好きなキャラクターは『蘇える金狼』の朝倉哲也だった。昼間はうだつの上がらない平凡なサラリーマンで、夜はギラギラと飢えた狼に豹変する。明晰な頭脳を武器に密かに巨大組織の乗っ取りを企み、人知れず肉体を鍛え上げ、遂に野心を剥き出しにして、カネもオンナも何もかも手に入れてしまう……下剋上、一攫千金のストーリーに、小学生だった自分は身震いしたものだ。因果なもので、私の社会人生活はハードボイルドそのものであったし、やはり小学生の時点で、運命は決まっていたのかもしれない。

就職に際して、幸いなことに縁故があった。知人のそのまた知り合いに著名な映画監督がいて、そのコネで映像制作会社にすんなりと入社することができたのだった。

憧れの大学に入り、憧れの業界へ就職する——幼少期の苦労を走馬灯のように思い出し、これからバラ色の社会人生活が待っているものと期待に大きく胸を躍らせたものだ。

しかし、これまでもこの後も、私は何度、スキップするように弾む心を蹴り払われてきたことか。私は結局、何も変わっていなかった。コネ入社という目の前のオイシイ話に飛び付き、その後に訪れる苦難に満ちた社会人生活を、まったく想像だにしていなかったのだ。

第六章

さらば風俗業界 束の間の充電期間

砂上の楼閣、崩壊——上場準備とB勘の罠

話は風俗店に戻る。ゴトウ社長はある日、全社員を招集し、今後の経営方針について仰々しくプレゼンを行なった。

「みんなの頑張りのお陰で、初めはちっぽけなただの商店だったウチもここまで大きくなることができた。本当にありがとう！　もう、このエリアは制覇した感がある。そこでいよいよ、念願の全国展開を狙おうと思う。そのためには資金が必要だが、自己資金だけでは限界がある。そこでオレは決断した。上場して公開企業になる！　そして、市場から資金を調達したい。上場企業として認められるためにＲＯＥ（株主資本当期純利益率）10％、売上高経常利益率20％を目指すぞ！　冗談だと思うかも知れないがオレは本気だ！」

（株式上場!?　ＩＴブームとはいえ、裏稼業で暴利を貪るこんなエセＩＴ企業が!?）

本来なら耳を貸すこともない世迷言にすぎないが、何しろ当時は正気を失っていた時期。それに加え、アホなプロレスラーやタレントでも、国会議員になれるご時世だった。社長の能力の高さは存分に見せつけられていたので「この人ならウルトラＣがあるのかもしれない」と最

終的には信じてしまった。会社のＢＳ（貸借対照表）もＰＬ（損益計算書）も、決算書も見たことがないにもかかわらずだ。そもそも、法人税すら収めていたのか怪しい。

社長は上場準備のため内部統制と称して、これまでブラック一色だった部分をすべてあらため、給与から所得税も源泉徴収すると通達してきた。それはそれで堅気に戻るひとつのきっかけとして、個人的には前向きに捉えていた。しかし、翌年に役所への課税証明を取りに行ったところ、何と私は納税額ゼロの非課税対象者となっていた。

（給与明細上で所得税を源泉徴収しているように見せかけるだけで騙せるほど、オレはバカだと思われているのか……）

このことをきっかけに、いつからか絶大な信頼を寄せてしまっていた社長への不信感が芽生え始めた。それに加えて、実は「社長は会社のカネを持って高飛びするのではないか」というキナ臭い噂が、耳に飛び込んできた時期でもあった。

しかし、その不信感は誰にも打ち明けずに、自分の胸の内に留めた。何だかんだ言っても一時の栄華を堪能させてくれた恩義も感じており、この一件だけで恨み、完全な悪者とするほど気持ちの切り替えはできなかった。

しかし、どうも私の人生の潮目が変わったようで悪い話は続いた。お世話になった伯父が、不慮の事故で急死。真っ暗だった幼少期から、大学時代の学費の援助に至るまで、私の精神的支柱になってくれた大恩人だった。その亡骸と対面したとき、まるで私の精神が化学反応を起こすかのごとく、子どもの頃に諭された言葉が鮮明によみがえった。

「こんな両親の下に生まれたんだ。オマエに何の罪もない。負けるな！　強く生きろ！」

（伯父さん、ごめんなさい……。こんなことになってしまって、僕はもう一度、人生をやり直したい）

そんな思いに拍車を掛けるように、理不尽な出来事が起こる。私が独立を考えているデマが持ち上がり、社長に痛くもない腹を探られることになったのだ。その話には、私が店のオンナの子をごっそりと引き抜くという、極めつけの尾ひれまでしっかり付いていた。当然、社長から は厳しく問い質され、胸クソの悪い思いに苦しんだ。

「オマエ、この話本当か？　マジならオレはとことんオマエを潰すぞ」

「ちょっと待ってください！　一体、誰がそんなデマを流しているんですか。この会社を辞めるときは、業界から足を洗うときです。独立するなんて、これっぽっちも考えていませんよ！」

これ以上でもこれ以下でもなく、これが腹の中の洗いざらいだった。

「とにかく、情報ソースを教えてください。社長は誰からその話を聞いたんですか？」

「……マエダだよ。常連客のヨシダと話している現場を、オレはモニターで耳にしたんだ」

マエダは元店長、今は従業員で、ヨシダさんは本物のスジモン、某暴力団の幹部だ。私のことをたいそう気に入ってくれて、頻繁に店を訪れてはキレイに遊ぶ常連客だった。前にも述べたようにアウトローほどオンナの子に優しく、店内での評判もすこぶるよかった。

ヨシダさんとの出会いは唐突だった。繁華街によくある風俗案内所から得た割引チケットを手にした新規客を私が接客しているときのこと。

「この割引チケット、使いたいんですけど大丈夫ですか？」

「もちろんです。ではこちらのチケットの裏にご署名いただけますか？」

「え？　ここに名前書かないとだめなんですか？」

「ええ、ウチも会計処理上、税務署にこちらを提出しなければならないんですよ」

「ハハハハハ！」

カーテンで仕切られた奥の待合室から、大きな笑い声が聞こえた。カーテンが開き、パチン、パチンと爪切りの音を立てながら、ゆっくりと近づいてきたのがヨシダさんさった。

「ああ腹痛ぇ〜。お兄さん、面白いこと言うねぇ。客が署名した割引チケットが税務署対策だって？　この署名は従業員の不正防止のため、従業員を信用していないオタクの社長さんからの指示でやらされてることだろ？」

その通りだった。実際は通常料金を受領しているにもかかわらず、割引チケットを使ったことにして差額を横領、着服する従業員が存在するためで、その防止策として客の直筆の裏書きを必ず取るようにしているのだ。なぜそれを知っているのか、同業者なのかと疑ったが、ヨシダさんは西田敏行を茶髪にしたような容姿で、お洒落な黒縁メガネに金ピカのロレックス、派手なネックレスとブレスレットを身につけ、極めつけに小指がない……という、どこからどう見てもそのスジの人間だった。

ただ、ヨシダさんは不思議と威圧感がなく、話し方も知的だった。それ以来、足繁く私に会いに店に通ってくれたのだ。

思い返せば、確かにこんなことがあった。

「店長、ホントよくガムシャラに働くね！　オマケにボキャブラリーが豊富、当意即妙で実に面白い！　トークのセンスがあるよ。こんなとこって言ったら失礼だけど、もったいないな。オレならあんたに金を出して、すぐにでも社長にするけどね」

「いやいや、私なんて……」

「はあ……」

「あ、これカメラで見られてるんだっけ？　じゃあ、ちょっとこっちに耳を近づけな」

「オレがオーナーになるから、独立してデリヘルをやらないか？」

「は!?」

「とまあ、今日はこれだけにしとくけど、ちょっと考えてみてくれや」


もちろん、私はその後、丁重にお断りしていた。それがどういうわけか、私がオファーを受けたという話にねじ曲げられ、社長の耳に入ってしまったというわけだった。

私なりに可能な限りウラを取ったところ、おそらく真相はこうだ。新規客と思っていたヨシダさんはもともと、マエダが店長をやっていたころの常連だったという。偶然にも、私に席を奪われる形で上に立たれたマエダは、ヨシダさんまで奪われたという被害妄想にとらわれ、一計を案じたのだ。

「アイツはもう今の会社に不満が大きすぎて、独立したがってます。ヤツは恐るべき野心家で向上心の塊ですから、きっと今頃スポンサーを探していますよ。ヨシダさん、声を掛けてみたらどうですか？　随分、アイツのこと気に入ってるみたいですし、絶好のチャンスですよ」

マエダはおそらく、こんな感じでヨシダさんを焚きつけたのだろう。誤算は一つ、私がヨシダさんの誘いをキッパリと断ったことだ。私はこの業界でのし上がることに未練がなく、足を洗うことすら考えていた。目論見が外れたマエダは、社長がモニターするカメラの前で、わざとらしく既定路線で進んでいるかのように話したのだろう。そうして社長から呼び出しを受け、私の独立話を吹き込んだに違いなかった。

実に狡猾で、芸が細かい。アッパレだ。それくらい頭が回るのだから、ヨシダさんも私よりマエダを引き抜けばいいのに……と、不思議に思った。

疑いの目を向ける社長に、私は仕方なく弁明を続ける。

「社長！　本当に信じてもらえないならクビでもいいですし、クビになっても金輪際、この業界とは一切、かかわりを持たないことを誓って一筆書いても構いませんよ。でも、マエダがズル賢い人間だってこと、社長だってよく知ってるじゃないですか。これは明らかな罠です。それでも私のことが信じられませんか？」

「……オマエの言い分はよく分かった。この話は一旦やめにしよう。ただな、間違ってもこの業界で独立なんて考えない方がいいぞ。オマエはこの業界で独り立ちするには優しすぎるし、真面目すぎる。それに一つのことに没頭すると周りが見えなくなって、相手に攻撃の隙を与えてしまうんだ。切った張ったの勝負ができるしたたかさがない。それがオマエの弱点だ。だから今回みたいに、足元をすくわれそうになるんだ。これは忠告として、真摯に受け止めた方がいい」

「分かりました」

ちなみに、その後マエダは店のオンナの子を無断で他店へ移籍させたことがバレ、クビになった。私は現場にはいなかったが、制裁の場でマエダは全裸で土下座させられたそうだ。その様子はポラロイド写真に収められ、その写真がグループ中の店内に張り出された。着の身着のままで寮から追い出され、文字通り裸一貫で街中へ放り出されたらしい。

（ああ、なんてバカバカしい。もう堅気に戻りたい）

裏社会との決別――あっけなかった風俗王の最後

私は真剣に脱退の道を模索し始めた。自分がやってきたことを棚に上げて、つくづく業界に絶望したのだ。このままでは本当に裏社会から抜け出せず、家庭も築けない。私は何とか一般社会へ復帰したいと、強く願っていた。

とはいえ、円満に辞めることが難しい業界であることは百も承知だ。実はそれ以前に一度、社長に「辞めたい」と直談判したことがあるが、「止めておけ」と一瞥する社長の目つきがあまりに恐ろしく、それ以上食い下がる気にもならなかったのだった。

しかし、事態は思わぬ方向へ動き始める。ある日、社長から唖然とする厳命が私に下された。

「悪いが○○銀行△△支店から、現金1億円を車で□□まで運んでほしい。この話は他言無用だ。とにかく言われた通りにやってくれ」

「い……1億ですか⁉　そんな大金、振込みじゃダメなんですか？」

「ああ。ウチも〝上場準備〟でいろいろと事情があるんだ。いずれ詳細は話すから頼む」

〝上場準備〟という魔法の言葉を使えば、何でも信じるバカと思われていたかもしれない。

ヤバイ案件かと最初は怪しんだが、「銀行が絡み、銀行内で下ろしたカネなのだから」と最終的には納得してしまった。

結論、このカネは「B勘」（ブラックマネー、裏勘定）だった。後に不動産会社に就職し宅地建物主任者となる私だが、B勘は不動産業界では特に転売の際によく使う手法だ。キャピタルゲインへの課税を逃れるため（短期譲渡では約4割と税率が高い）本来の売買金額よりも、契約書上は低い値に設定し、差額を税金の掛からない裏金として利益にしてしまう裏技だ。表に出せないカネだから現金であり、誰かが、どこかに隠さねばならない。

私は部下と二人でバッグに詰め込まれた1億円を、指示通りに車で銀行から某所へ運んだ。運搬中は狙われる恐怖で生きた心地がしなかった。社長の指示もあり、出発前に車で銀行の周囲を30分以上、グルグル回って不審な動きがないか確認した。

その後、終幕はあっけなく訪れた。脱税容疑でゴトウ社長に司直の手が伸びたのだ。私も国税から事情聴取を受け、現金の運搬やその他諸々について正直に答えた。B勘のみならず源泉徴収の件しかり、彼が内部統制と称して社員を欺いてきた手口、脱税手口がすべて露呈した。上場話など、すべてウソだったのだ。彼はひたすら裏金をプールして私腹を肥やし、高飛びすることを画策していた。

こうして砂上の楼閣は崩壊した。

唐突な幕切れではあったが、私にとって渡りに舟、好都合な出来事だった。付け加えて、もう時効だが、先に述べた自身の恐喝行為が発覚しなかった悪運に心から感謝した。

完全に会社は分解、従業員同士も司直から痛くもない腹を探られることを怖がり、お互い連絡を取り合うことを避けるよう、示し合わせた。そして私は、当時の人脈と一切の交際を断つことに決めた。

「ようやく終わった……」

ひと段落ついて、裏社会での激戦激闘を振り返る。色々あったが、ここに至ってもゴトウ社長の類い稀な能力の残効に、まだ圧倒されている自分がいた。元数学教師の社長は恐ろしく頭が切れ、帳簿を一目見ると「数字が浮かび上がってくる」と、瞬時に多角的な分析を行ない、的確な指示をする。それは神の領域に思われた。

「オンナの子一人当たり、売上高が先月と比較し5％は落ちているな。早番（昼間の時間帯）の割引チケットの配布は1週間、ストップしよう」

言われた通りにすれば、数字は回復した。

「この子はショートコースの割合が増えてきた。コンセプトに則った恋人プレイをせずに本番に逃げているのかもしれない」

調べてみると、社長の言う通りに「裏っぴき」が発覚した。

「この子のリピート率は約8割ってとこかな。遊んだお客のアンケートを読むと、割引は不可にしてプレミアムコースとして割高の料金設定でも十分集客できそうだ。通常価格をプラス10%にしよう」

結果、その子の客数は変わらず売上だけが伸びた。

デスクでじっくりと帳簿を分析するわけでもなく、ふらりと店にやってきては帳簿を眺め、即座に指摘するのだ。数字に弱い右脳人間の私は電卓を手に計算を始めるが、社長は速やかに暗算で算出し、分析してしまう。

「数字に強いかどうか、すぐに分かる質問がある。7分の4と3分の2、少数ではいくつ？どっちが大きいか即答して」

「えっと、ちょっと待ってください……」

「遅いよ。オマエ、経営者になりたいんだったらもっと数字に強くならなきゃダメだ。7分の4が0・57で、3分の2が0・66だろ？」

この時、冗談混じりに社長から言われたフレーズが今も忘れられず、本書のタイトルにも結びついている。

「オレも一応、三流大学は出てるけど、明らかにオレの方が頭いいな。〝早稲田出ててもバカはバカ〟ってことかな（笑）。悪い。ちょっと言いすぎた！」

スイス、沖縄、シンガポール……社長の消息には諸説あるが、いまもハッキリしたことは分からない。またどこかで再会することがあれば、少しは成長を実感してもらえるよう自己研鑽に励まねば、と思う今日この頃。時間が解決してくれることもある。いつか、お互いの過ち、過去を笑い飛ばせる日が来ることを信じている。

祭りの後――敬愛した、あるオトコの死

いよいよ裏社会との決別を果たした私の手元には、これまで稼いだカネが潤沢にあり、しばらくは働かなくても生活できた。ＡＤ時代から急激に収入が増えても、それを使う時間がまったくなかったからだ。ほぼ３６５日フル稼働、僅かな余暇は睡眠に充てるという生活を続けていたため、気が付けば相当な貯蓄ができていた。

その資金のお陰で薬物中毒から抜け出すことができたと言っても過言ではない。一定期間、他のことは一切気にせずに、それだけに集中することができた。後述するが、禁断症状と闘い、地獄の苦しみを味わったものの、最終的には何とか依存症から脱却することに成功した。

思えば風俗店で働いている当時、クスリを止めれば途端にカラダが動かなくなり、そのことで周囲に醜態を晒すのが怖かった。「仕事がデキるタフな男」を演じ続けなければならないプレッシャー、虚栄心が社会復帰願望を上回り、どうしても薬物の力を借りなければ前に進めない自分と決別することができなかったのだ。

しかし、業界を離れた私は、そんな虚栄心とは無縁になることができた。弱い自分をさらけ出したところで、誰からも笑われることも恥をかくこともない。禁断症状の苦しみは想像を絶したが、それを乗り越えた後の希望の光が自身を支えた。どうしても社会復帰を果たしたいと

いう鉄の意志が、遂に薬物の魔力に打ち勝った。その後、現在に至るまで薬物に手を出したことは一切ない。

「少し手を出した程度は大丈夫。すぐに止められる」

そんな安易な発想が大きな間違いだった。身も心もボロボロにしてしまう薬物の怖さは経験した人間にしか分からない。一度、手を出してしまえば最後。もし軽い気持ちで薬物に手を出す誘惑に駆られている人がいるなら、絶対に止めてほしい。

クスリを断って数年後、生涯忘れられないショッキングな出来事があった。私に薬物を教えたイシザカが殺害されたことを、インターネットのニュースサイトで偶然、見つけてしまったのだ。

【○○山林で男性一名の遺体発見】

そんな見出しが目に留まり、思わずクリックすると、紛れもなくイシザカの名前が報道されていた。事業欲、向上心が旺盛だった彼は独立したが、競合店とのトラブルに巻き込まれ、絞殺されてしまったようだ。ともに働いていた身近な仲間が殺害されるという、初めての経験。私は動揺し、現実を直視することがなかなかできなかった。

震える体を押さえながら、想像する。彼の最期は、一体どんな様子だったのだろうか。

「早く殺せ！」

命乞いなどせず、そう言い放ったに違いない。彼との記憶をたどるにつけ、むしろ存分に生きた人生に納得し、笑いながら死んでいったのではないか、とすら思えた。彼は明らかに織田信長タイプだった。人生は長くないものと悟り、いつ何時訪れるであろう死を常に覚悟し、恐れない。

「下天のうちをくらぶれば、夢幻の如くなり」

人類の長い歴史の中で、人間一人の一生などほんの僅かな時間、命ある内に存分に好き勝手に生き、いまわの際でも狼狽せず、潔く散る。イシザカはそんな男だ。

晩節は業界に嫌気が差して脱退を模索していた私だが、もっと早い時期なら、彼から「独立するから付いてこい」と言われれば付いて行ったかもしれない。それくらい、彼には惹かれるところがあった。もしその道を選んでいれば、この事件に巻き込まれ、私も命を落としていたかもしれない。そう思うとますます体は震え、自分が運よく生きながらえただけだと気付かされた。

私は喪に服するつもりで、しばらく一切の娯楽を禁じた。今でも彼の明るい笑顔と、不思議と心に響く言葉が時折、自然と思い出されてしまう。

「オマエはいっつも暗い顔してんな！　何をそんなにネガティブに捉える必要あんの？　損してるゼ。もっと笑えって！　人生なんて所詮、ゲームなワケ。いつ撃ち落とされてゲームオーバーになるか分かんねーんだから、いつも笑って、楽しまなきゃ損だろ。オレは、この〝コンクリートジャングルＴＯＫＹＯ〟ってゲームで毎日遊んでいるから、毎日がピースでハッピーなワケさ！」

そう言って笑う、彼のことが好きだった。彼の生き様に少なからず影響を受けた私は、残りの短いかもしれない人生、完全燃焼することを誓った。

幼少期にトラウマを持つ同士・ミキとの同棲、そして職探し

人生のリセットボタンを押した私は、ある女性と同棲生活を始めた。いつまでも沈んでいるわけもいかず、俗世間との接点を持ちたかった。とにかく何とかして生きる実感を得たい――生に対する執着心がすこぶる強い時期だった。

同棲相手のミキは、かつて自分が勤める風俗店で働いていた。私同様、複雑な過去を持った苦労人だった。こちらからはあえて深く詮索はしなかったが、中卒でOL、レースクィーン、キャバクラなど職を転々とした後、風俗へ足を踏み入れたという。風俗に入るきっかけは「ホス狂い」。ホストクラブにハマってツケが払えず、闇金融から強引に暴利でカネを借りさせられ、雪だるま式に借金が増えていく……という、裏社会の必殺フルコースにハメられてしまったのだ。自業自得ではあるが、私は同情した。

私の店に来る前は箱ヘル（店舗型ヘルス。店内にプレイルームが設置されているお店）に在籍し、ナンバー1フードル（風俗アイドル）としてよく雑誌にも掲載された、有名な子ではあったらしい。その後、その箱ヘルが警察の一斉摘発を受けて職を失い、スカウトマン経由で私の店にやってきた。

そのスカウトマンが、実は借金の元凶となったホスト野郎であり、名前はイサカといった。

イサカはミキを完全にマインドコントロールし、自分の意のままに操っていた。生理日以外はフル稼働。昼はAV、夜は風俗と徹底的に稼がせ、搾取していた。イサカはそのカネでベンツを乗り回し、派手な生活を送っていた。

私の店で、ミキは大抵19時頃に出勤し、ラストの朝5時まで勤務していた。イサカに仕込まれたらしい徹底したサービスでリピーターが多く、予約で事前に埋まってしまう。稼ぎが一日10万円を下回ったという記憶がない。

先にも述べたように、風俗嬢のギャラは即日現金払い。仕事が終わればその場で精算し、その場でオンナの子から署名を取り、領収証をもらう。当然、普通は本人がギャラを受領し、署名するが、驚いたことに、ミキの場合は必ずイサカが受け取り、ミキの筆跡を見事に真似て署名していった。イサカは私が渡したカネを自分の財布に入れる。身長が低く、見た目は大した男に見えない。ミキはなぜこんなヤツにマインドコントロールされたのか、疑問に思ったが、不可抗力で覗き見てしまったミキの財布にはたったの2000円しか入っておらず、イサカが搾取した高額な稼ぎの代わりに、ラブラブの2ショット写真が入っていた。死ねと言われれば死ぬのではないか――そう思うほど、ミキはイサカにぞっこんだったのだ。

ある日、ベンツの前でイサカに詰め寄られるミキを目撃した。

「テメーどうなってんだよ、この稼ぎは！　気合い入れてやってんのか⁉」

肩を揺られ揺さぶられ、ミキは申し訳なさそうな表情を見せる。

「ごめん……ちょっとカラダの調子が悪かったの。でも大丈夫、これから頑張って巻き返すから……」

「テメーの借金、オレが肩代わりしてやってること忘れんなよ！　実家も分かってんだから、そっちに行くぞコラ！」

「それだけは止めて……頑張るから」

近くにいた私は、そこでイサカと目が合ってしまった。

「店長！　一体どうなってんだよ、この稼ぎは？　オマエ、コイツのことちゃんと客に薦めてんのかよ、コラ！」

「もちろんですよ」

「ったくよ……こっちはストレス溜まってんだからよ。じゃあ、後は頼んだぜ」

そう言ってイサカはベンツに乗って立ち去り、私とミキはしばらくその場に佇んでいた。

「大変だね。いつもあんなに怒鳴られてるの？」

「ううん。悪いのは私だから……」

「あんまり無理しない方がいいよ。カラダを壊しちゃったら何にもならないだろ？　そんなメチャクチャな働き方して、ホントに大丈夫なの？」

「自分で作った借金だからしょうがないの……」


不意に視線が重なり、彼女の目は「助けて」と訴えてるように見えた。助けてほしいけれど、イサカからは逃れられない。自分からは飛び出せない。誰かに救ってもらえるのを待っているのではないか……。

実はイサカには、ミキと同じように金ヅルとして得意の必殺フルコースにハメているオンナの子が、私が知ってるだけで他に３人いた。その存在にミキも気付いたようで徐々にマインドコントロールは解かれつつあるようだった。


またあるとき、私は何かの用でイサカが経営するホストクラブへ、営業終了後の早朝に出向いたことがあった。そこでは酒に酔った上機嫌のイサカがいて、私に少し絡んできた。

「よぉ～店長。この間はキツイこと言って悪かったな」

「いえ」

「その後どうよ？　アイツは、ミキはよ」

「頑張っていますよ。でも、ちょっと体調が悪そうですね」

本当は「もう少し仕事をセーブして休ませてやったらどうですか」と言いたかったが、酔ったイサカにそんなことを言えば、その場で修羅場を迎えることは必至だった。店長という立場でトラブルを起こすわけにもいかず、情けない話だがグッとこらえた。

「あのシノギも、そろそろだな……」

「シノギ？」

「ミキのことだよ」

「ミキさんは、イサカさんの彼女じゃないんですか？」

「んなわけねーだろ、あんなポンコツ。ただの金ヅル、打ち出の小づちだよ。オマエ、そんな仕事やって何ワケわかんねーこと言ってんの？　オレら、オンナの股ぐら利用してメシ食ってる悪魔だろうが！　まあ、あのオンナは散々絞ったから、そろそろいいかな。店長よ、死んでも構わねえから、徹底的に稼がせろよ！　そうすりゃ、オマエにもゴトウさんにもこっそりカネを回してやっから……仲よくしよーぜ、同士！」

イサカは酩酊状態だったが、その話は聞くに堪えない内容で足早に退散した。これがホストに沈められるオンナの子の現実なのだ。自分のことを棚に上げ、オンナをただ食い物にするイサカに腹が立ってきた。

ホストクラブで散財し、借金を作ったオンナの子たちが風俗に沈み、闇金融は暴利をむさぼる。そのカネはヤクザへの上納金となり、シャブに変わって街に放出される。シャブは心が荒んだ風俗嬢に買われるのだ。結局、最大の被害者はオンナの子じゃないか。これは下手な同情ではない。ミキを何とか悪魔の手から切り離す方法はないだろうか？

「おい、スカウトのイサカが未成年者略取でパクられたぞ！」

そのチャンスは早々に訪れた。ゴトウ社長からの第一報によれば、イサカは複数の家出少女を自身のホストクラブでツケで飲ませ、無理矢理借金をさせて風俗で働かせ、自身は女性から搾取したカネでハーレムを築いていたのだ。捜索願いを出した被害者家族から足がつき、いよいよ悪党はご用となった。

私はミキをすぐに呼び出した。

「イサカが逮捕されたよ。18歳未満の家出少女を囲ってたって」

「え!?」

「ホントは逃げたかったんだろ？　無理するな」

「……」

「イサカに他にもオンナが何人もいることは知ってたんだろ？　自分が騙されてること」

「……」

「もうこのチャンスを逃したら次はないよ。このどさくさに紛れて逃げちゃえよ。イサカだって、いつ釈放されて出てくるか分からない」

「でも、行くとこないし……」

「これ、○○駅の近くにあるマンションの鍵。これが地図ね。当面、ここで身を隠しておけばいい」

「店長の家？」

「いや、話せば長くなるけど、オレはそこには住んでない。詳しいことは今度話すから、荷物まとめて早くそこへ逃げろ」

「……」

「そんなボロボロの体で無理に働いて。このままじゃ、本当に死んじゃうよ。稼いだカネは全部、イサカに持っていかれちゃってさ。ホラ、とりあえず10万渡すから。あれだけ稼いでいても財布の中、いつもカネ入ってないって、実は知っているよ。ごめんね、ミキが床に財布を落としたとき、偶然見えちゃったんだ」

「ありがとう……」

「絶対、こっちに出てこないで家でおとなしくしてろよ！」


ミキは泣きながら走り去っていった。

当時、すでに業界を去ろうと考えていた私は、密かに転居先を借りていた。緊急事態に備えて、郊外に2LDKのマンションを確保しておいたのだ。まさか、それをこんなに早く活用することになるとは。やはり「段取り8割」、用意周到に越したことはないのだ。


長くなったが、その後に正式に退職し、晴れてミキと一緒に暮らせることになったというわけだ。

一緒に住むようになってから初めて知ったのだが、彼女は摂食障害を患っており、その症状は重篤だった。根本的な治療のためには、第一に孤立を避けねばならず、支援する人が必要だったが、それを十分にできる人がこれまで周囲に居なかったという。

何回か、美紀が一人でひたすら食べ続けている姿を目撃したことがある。コンビニで買い込んだ大量のパンを、泣きながら一心不乱に食べ続けている。その光景は衝撃的だった。食欲中枢が狂っているため、過食した後は吐き、今度は一転して拒食に陥るという悪循環を繰り返すことで、体はボロボロになる。最悪の場合、死に至ることもあるそうだ。

摂食障害は、幼少時のトラウマが原因で発症するケースが多いらしく、ミキから語られた過去は、やはり壮絶なものだった。


特に聞いていて心が痛んだのが、離婚した父親に付いていき、再婚した相手の連れ子——義姉から、激しいイジメを受けていたという話だった。父親は見て見ぬふりをし、唯一の味方に裏切られた、見捨てられたという深い傷を負ったという。

親に苦しめられた同胞として互いを尊重し、一緒に涙を流しながら、傷を舐め合った。自分もいろいろあったが、バリバリ働ける強い体がある。ミキに比べれば、まだ恵まれていると思い、薬物依存から脱却し、社会復帰することを決意した。

地獄の苦しみ——薬物中毒からの脱却

薬物依存症の恐怖を知る方には信じてもらえないかもしれないが、私はわずか2ヶ月足らずで薬物中毒から抜け出すことができた。

これには奇跡的なめぐり合わせというべきか、大きな理由があり、実はミキが、かつて薬物依存症から抜け出した〝先輩〟だったのだ。

その先輩が、実体験にもとづいてマンツーマン指導をしてくれる。お互いに仕事もせず、カネも携帯電話もすべてミキに預けた。いわば軟禁、擬似刑務所状態に追い込み、クスリを買えない状態を作ったのだ。

一般的に、一度クスリを断っても「クレービング」（クスリへの渇望、欲求）から「スリップ」（再使用）してしまうのが常だと言われている。しかし、私の場合は幸運にも心強いパートナーがいて、スリップしようにも「プッシャー」（売人）へのルートを完全に閉ざしてくれた。

ミキが苦しむ摂食障害と薬物依存には、実は密接な関係があるらしい。どちらも幼少時における家族関係の機能不全に起因するという説が有力で、併発する可能性が高いと言われている。なるほど、私もミキも幼少時に親からの健全な愛情を受けず育ち、対人関係に支障をきたすことがあった。人が自分をどう見ているかが極度に気になり、本来の自分を押し殺し、道化になってまで人の気を引こうとする。それどころか、時には嘘までついて自分をよく見せようとしていた。私とミキは同じくアダルトチルドレンで、お互いの痛みを分かち合える同士だったのだ。

ミキのサポートを受けても、薬物の禁断症状は地獄の苦しみだった。幻聴、被害妄想がとめどなく大きくなり、「誰かに殺される」という強迫観念がつきまとう。死んだ父親が墓場からゾンビのように蘇り自分の首を絞めに来る、あるいは風俗店で確執のあったオトコ、オンナが寝室の窓から覗いて襲撃してくる、などという妄想に囚われた。憎き母親が家に放火する気がしてならず、「殺られる前に殺る！」と、母親の殺害を考えたことすらあったし、腹違いの姉に犯されそうになる夢にもうなされた。

テレビで白砂糖が映ればそれがシャブに見えてしまい、生唾を飲み込んだ。そうして、「最後に一回だけ！」と何度もミキに土下座して頼み込み、拒絶されれば、血が流れるまで頭を壁に打ち付けた。

クスリが抜けてきた後は、過食に苦しむことになる。クスリで抑制されてきた食欲が倍加して蘇り、この時期はかなり太った。経験者のミキはそうした苦しみも熟知しており、私が再びクスリに手を出さないよう、自宅から出られないようにチェーンで束縛した。こうして徹底的に自由を奪ってくれたことが、大きな助けになったと思う。

そして、最後は自身の気力の勝負だ。

「絶対に社会復帰してみせる！」

浪人生時代に培った、どんなことにも負けるものかという精神力がなければ、薬物との決別は実現できなかったかもしれない。そうして、薬物を断ち切ることに成功した私は、速やかに転職活動を始めることにしたのだった。

「整形手術」という不退転の決意

堅気の商売であることを大前提に、次に志したのは不動産業界だった。ミキの母親がバブル期に不動産業で独立開業、成功を収めたという話を聞き、興味を持ったのだ。実力主義、成果主義が徹底されている業界だと感じ、それが自分に合っていると思った。

まだいくらかの貯蓄はあるとはいえ、母親への仕送りも続けており、ミキの生活支援のためにも、普通のサラリーマン程度の収入では間に合わず、歩合制度の職場で高収入を得る必要があった。

ミキ以外にカミングアウトするのは初めてだが、転職活動を開始する前、私は二重瞼の整形手術を受けている。テレビと水商売しか知らない自分が一般企業で営業の仕事に挑戦するのは凄まじく高いハードルに感じ、相応の覚悟が必要だと考えた。風俗店を辞めた後の充電期間中、書店のビジネス本コーナーに出向いては営業指南書を読み漁った。そこで知ったのは、イケている営業マンはメンタルはもとより、容姿が優れているということ。それが、整形手術を受けようと決意したきっかけだった。

（この細い一重瞼の目は、営業マンとして相当なハンデになるはずだ）

今振り返れば、これもまた若気の至り。まったくナンセンスな考えだが、当時はリセットボタンを押した直後、かつ守らねばならない人を複数抱えているというプレッシャーに苛まれる毎日で、あらゆることに過敏だった。少しでも気になる点が発覚すれば不安は日に日に増幅し、解消しなければ気が済まない。

「今は切らなくても簡単にできるの。私だって、実はやっているわ。ココの病院、〝神の手〟って呼ばれる有名な先生が居て、芸能人もたくさん受けているそうよ」

彼女も整形手術に反対せず、次にいつ訪れるか分からないロングバケーションの今だからこそできることだと決断し、施術を受けた。切る手術ではないため、完全な「パッチリ二重」とまではいかない奥二重だったが、明らかに以前よりも目が大きくなり、恥ずかしながら鏡に映るバージョンアップされた自分の顔にウットリしてしまった。

実は、二重にしようと思った理由はもう一つあり、敬愛する俳優・松田優作も手術をしていたからだ。優作が伸び悩み、悶々としていた若手時代。売れないのは一重瞼のせいだと考え、すぐに整形手術を受けたという。当時は今ほど技術が進歩しておらず、切開法となり、さらにカネがないため自分で抜糸したそうだ。

少しでも可能性を広げるためなら、手段を選ばず、何でもやる。整形手術の後、レーザーによるヒゲの脱毛に加え、メガネを掛けずに済むよう、レーシック手術も受けた。こうして形から入り、「イケてる営業マン」への外堀を埋めていったのだ。

実はその頃、ミキと同棲するマンションに母親が現れたことがあった。

食材を買ったスーパーからの帰り道、家に向かって二人で歩いていたところ、レーシックで一時的に「視力2．0」まで上がっていた私の目が、ある人物を捉えた。誰だかハッキリ分かり、私は反射的に足を止める。

「どうしたの？」

「母親がいる」

ミキには母親との関係は説明していた。今も送金は続けているものの、法事など特別なことがない限り会っておらず、この時も数年ぶりの対面だった。どうせカネの無心で来たのだろう。そう思いながら、一歩一歩、母との距離を詰めていく。

「何？　カネなら毎月欠かさず送っているだろ？」

「そうじゃないの……ただ、元気かなと思って。この人、彼女？」

「あ、ミキと言います。はじめまして」

ミキは礼儀正しく、母に挨拶をしてくれた。

「よろしくね。私はもう、この子には何もできないけど。元気な様子が見られて、安心した。それじゃ……」

意外なことに、それだけ言い残して、母はとぼとぼと歩いて去っていった。晩年に知った話だが、母はこの頃、骨粗しょう症になり、一回りも二回りも小さくやせ細っていた。かつて壮絶な夫婦喧嘩で大立ち回りを演じていた面影はなく、精気を失っているように思えた。その姿を見て、20代とはいえ、自分も歳を取ったことを実感した。

「いいの？　中に入れてあげなくて。可哀相じゃない？」

「ああ、いいんだよ」

母を家の中に入れる気はしなかった。そのことで忘れかけていた過去の忌まわしい記憶が蘇り、再び激しい憎悪に囚われてしまう恐怖があったのだ。私には、もっと重要なことがある。

「過去は忘れよう。これから新たな人生の始まりだ！」

そうして不退転の決意を持ち、私があえて新たな職場に選んだのは、軍隊式の鬼の営業会社、新興系不動産企業だった――。

第七章

カネと高揚感に騙され、不動産業界へ

「完全実力主義。学歴・経歴不問。出直し歓迎」

そんな求人広告のこの文言に惹かれ、ある不動産会社の面接に向かった。

「へぇ、早稲田出てるの？　言っておくけどウチは厳しいよ。未経験者にはキツイと思うけど、大丈夫？　学歴なんか何の役にも立たないよ」

「無論、覚悟はできています。勝負を賭けに来ましたので」

「ＯＫ！　それじゃ、さっそく来月から来てもらおうかな」

このような調子で、即採用となった。当時の不動産市況は拡大の一途を辿り、その会社も成長局面にあったのが幸いした。半ば「来るもの拒まず、去るもの追わず」といった雰囲気もある。

上場を目標に熱狂の渦中にある同社は、業界でも指折りの厳しさだった。ある日、成績の悪い社員がマネージャーに詰め寄られている光景を目撃し、それが今でも脳裏に焼き付いて離れない。

「この会社じゃ、オマエに人格はない！　売上表に書いてあるこの数字が人格なんだよ！」

今にして思うと、たとえ失業したとしてもこんな会社には死んでも入りたくない。が、当時は若さ、体力、胆力に満ち溢れ、勝利を確信していた。

（これは過酷な生存競争だ。何が何でも勝たねばならぬ戦い……）

私はここでも、松田優作が映画『蘇える金狼』の中で演じた主人公・朝倉哲也に自身をなぞらえた。見た目は平凡なサラリーマン、しかし正体は野心を剥き出しにする飢えた狼。今こそ金狼に変貌を遂げるときだと腹を括った。

自己暗示を掛け、死ぬ気の勝負を仕掛けたところ、入社後数ヶ月で頭角を現すことになった。警察の目を恐れながらの路上源泉営業に比べれば、電話営業、反響営業など苦にはならず、特に基礎を教わったわけでもないが、感覚で動き次々と契約を取っていった。

営業トークもまったくもって自己流。それが許される会社であったことも、運がよかった。誰に教育を受けたわけでもなく、野生の勘で攻めていった。

「お客様。残念ながら巷でよく喧伝されている〝特選優良掘り出し物件〟などというものはこの世に存在しません。まったくのデタラメです。そもそも、ファンダメンタルで考えてみてください。日本は少子化に歯止めが掛からず、これから人口が減っていく時代が到来する。ですから、基本的に売れなくて困っている物件が増えていく一方になります。なので、致し方なくネット広告などに多大なコストを費やし、反響が来た方には焦って押し売りをしてしまい、しばしば社会問題としてマスコミに報道されてしまう。よい物件は宣伝などしなくても、放っておけば勝手に売れるのです」

「ほお、驚いたね。随分と変わったことを言う営業マンだね、君は。では僕らは一体、どうやっていい物件を見つければいいのかね？」

「ビジネスは人間関係と同じです。私の元に運よく入ってきた、優良な物件情報があったとしましょう。まだ表に出ていない状態で一体、誰に紹介するでしょうか？　わざわざコストを掛けてネット広告に出すバカはいません。当然、自分にとって大切な人、お得意様に紹介し、表に出る前に完結してしまいます。残念ながら本当に美味しい案件は業者が買い取って転売し、短期で利を貪っているのがこの業界の実態です。喩えて言えば、コンサートチケットでしょうか。本当に良い席は、一般販売では獲得できませんよね？　主催者は大抵、ファンクラブかお得意様に優先的に譲ります。なので、まずは私とお客様が一対一の人間として、肝胆相照らす仲になれるかが、本当の意味での掘り出し物件にたどり着けるかどうかの分岐点となることをご理解ください」

あるいは、このパターンとは逆に、人口減による将来の地価、賃料の下落を懸念して都心の投資物件などの購入を決断できずにいる見込み客には、次の仮説で対峙する。

「確かにおっしゃる通り、日本はこれから人口が減る一方でしょうから、総体的には並行して地価が下落していくものと思われます。しかし同時に一極集中化、コンパクトシティー化も進む可能性は高い。アメリカでは実際に『ニューアーバニズム』という都市一極集中理論が、既に80年代から唱えられています。例えば、私の祖父が住んでいる○○県の△△町など、人口が2000人を割ってしまい、あと20年もすれば住民が居なくなってしまう有様です。そんな過疎の街の警察、役場、病院など、公共インフラへ血税を投入することは非効率ですよね？　そうすると、今後はますます都市機能が発達した利便性の高い東京、横浜、大阪などの大都市に人口が集中しますから、これら大都市の地価、賃料は下落するリスクは低いと思われます」

「なるほどねぇ……」

こうして朝から晩まで喉がカラカラになるまで詭弁を弄し、最後は得意の「東大屁理屈理論」でクロージングに明け暮れた。

「少し話が飛躍しますが、喩えて言えば大学受験です。考えてみてください。少子化で18歳人口、浪人生人口が急速に減少し、塾・予備校が経営に窮し〝大学全入時代〟なんて言われています。実際、名前が書けてカネさえ払えば入れる大学は数多く、存在します。その一方で、昔に比べて東大、京大、一橋や慶応に入りやすくなったなんて話、聞いたことありますか？　つまり、下流が淘汰されているだけで、上流は何も変わらないのです。これは大学受験に限った話ではなく、世の中の摂理というもの。不動産の世界では東京都心部は東大レベルと言えますので、将来的にも市場は安定すると予想できます」

こうしてハートをつかんだ後は顧客との共通項を探し出す。ビジネス以外の話題で盛り上がり、クロージングに持ち込むのが必勝パターンだった。幸いなことにマスコミにいた頃から新聞、雑誌は複数目を通していたため、相手が年長者であっても大抵の話題には付いていくことができる。ましてや映画の話題にでも持ち込めればシメたものだ。

「そうですか。野村芳太郎の作品は私も大好きで映画『八甲田山』の〝天は我らを見放したか〟という、北大路欣也の名台詞は忘れられないですね」

「君は、いったいいくつなの？　驚いたねぇ〜」

インパクトという意味では突き抜けていたと思う。結局、どの業界も同じで、周囲と同じようなことをやっていては月並みな結果しか出すことができないのだ。詭弁、邪道と周囲から揶揄されることもあったが、雑音を無視してひたすら我流を貫き通した結果、極めて高い成約率を勝ち取ることができた。

また、他の営業マンはマージンが高い物件に傾きがちだが、私はマージンが薄くてもアクション数、件数を増やすことに重きを置いた。要は売り手側と買い手側の〝特選優良物件〟は違うということだ。

不動産業界では売買仲介・賃貸仲介・賃貸管理・買取再販（転売）・投資不動産の販売など、多くのことを学ばせてもらったが、同じように姑息な営業テクニックも数多く習得してしまった。後にも述べるが、不動産業界以外でも悪用してしまったことがある。

教わったテクニックで最も印象に残っている手法は〝ガセ電〟（目の前でウソの電話でウソの会話を演じること）だ。これは賃貸仲介でよく使う手だが、初めてその手法を教わったときには「人間心理学に基づく科学的手法！　ノーベル心理学賞モノだ！」と度胆を抜かれた。

詳しく解説すると、先に述べたように売り手側と買い手側の〝特選優良物件〟は違い、インターネット時代でエンドユーザーはネットで見つけた様々な物件について、営業マンに相談してくる。

「この物件、ネットで見つけたんだけど紹介してもらえませんか？」

よくある光景だ。でも大抵の場合、目の前の営業マンはその物件でなく、違う物件で成約を狙っている。「片手仲介、両手仲介、自社管理物件」という違いがあり、決めた物件によって狙いのマージンに大差が付くため、営業マンは必死になり、客が自分で見つけてきた物件は潰しにかかることが多い。これを〝消し〟と呼んでいた。

ここで、ガセ電の典型的事例を3つほど紹介したい。

【パターンA】

「ああ、この物件ですね。私もネットでチェックしていました。すごく素敵な物件ですね。この物件は○○社が管理してる物件です。まだ募集してるのかな？　仲がよいスタッフがいるのでちょっと聞いてみましょうか？」

客の目の前で電話をかけ、確認してみせる。客は「この人、人脈があって頼りになるな」と思い、信頼度が増すが、営業マンがかけるナンバーは〝#8162〟――ハイウェイテレホン、自動音声による24時間案内だ。

『こちらはネクスコ東日本です……』

「あ、もしもしお元気ですか？　○○社の△△です。いつもお世話になっております！　ちょっとウチにお越しいただいてるお客様がそちらの□□という物件、すごく気に入ってるんだけど、まだ空いてます？」

『東北自動車道、上り線の情報です……』

「あ、そう……昨日、終わっちゃったのね。いい物件だもんね。ありがとう！」

営業マンは電話を切り、当然のように続ける。

「やっぱりいい物件だから、すぐなくなっちゃうみたいですね。あ、そうそう。同じような物件で、こんなのもあるんですけどいかがですか？」


【パターンB】


「ネットで見つけたこのタワーマンション、すごくいいと思うので、空いているか調べてもらえませんか。人気物件だろうから、もう終わっちゃってるかもしれないけど」

「了解しました。すぐお調べ致します！」

『道路情報をお伝えします……』

「あ、もしもし！　○○社の△△です。□□タワーの301号室、まだご紹介可能ですか？　えっ、空いてる⁉　お客さん、空いているそうですよ！　……ん、何々？」

『関越自動車高坂SA付近で補修工事のため現在、対面走行となっております……』

「え⁉　この部屋、位置が悪くて携帯の電波入らないんですか？　ドコモも、auも、ああ、ソフトバンクもダメ。うーん、参ったな……ちょっとお客さんに聞いてみますね」

その後の展開は、ご想像の通り。

「お客さんこの部屋、目の前の建物が電波遮っちゃって、どのキャリアも携帯の電波入らないらしいんですよ。どうします？」

「それは困るな……じゃあ、諦めます」

「うーん、残念です。いい物件が空いてるのって、やっぱ何か裏があるんですね。ちなみにこんな物件もあるのですが、いかがですか？」


【パターンC】※「消し」ではなく、決めたい物件でクロージングするケース

（案内現場にて）

「いかがでしょうか？　この部屋。悪くないと思うのですが」

「いいですね。気に入りました。でも、もう一個の方（他社管理物件）も気になるなぁ。でも迷ってると、先を越されちゃうでしょう？　どうしようかなあ……」

「ご本人が納得されるまでとことん見て、悩まれた方がいいですよ。私はいくらでもお付き合い致しますから。（クソっ！　早く決めねーかな、この客）この物件、ネットにも出てますし、他社も紹介しているので一応念のため、空き状況確認しますね」

『こちらはネクスコ東日本です。１８時現在の交通情報を……』

「あ、もしもし。今、□□の６０５号室にお客様を案内してるところなんだけど、まだ申込み大丈夫？」

『練馬インター付近で事故のため、現在通行止めとなっております……』

「え⁉　法人？　メガバン？　ミズテン（不見転。不動産業界の隠語で下見をせず、見ないで物件を決めてしまうこと）だって？　参ったな……何とか引き延ばすことできないかな？」

『道路事故発生による復旧の見通しは今のところ、立っておりません……』

「お客様、今は3月ということで転勤シーズン。メガバンクは転勤辞令が出てからすぐに引越しという、慌ただしい状況です。残念ながらこちらのお部屋、転勤でお急ぎの方が興味を持たれており、見なくてもいいから決めたいとおっしゃっているようです。ここから先は公平な競争なので、申し込み順というルールになりますが、いかがなさいますか？　私もお客様が納得するまで探してほしいので無理強いはしませんが……」

「決めます！　すぐ申込み書、書きます」

「いいんですか？　では、意思は固いということでもう一度、先方に電話して○○様が先約ということで、仮予約してしまいますね」

『こちらはネクスコ東日本です……』

「あ、ちょっと申し訳ないんだけど今、見に来てるお客様が決めたいっておっしゃってるから、メガバンクの方、断ってくれないかな？　ご意思は固いって！　そこまで言うなら目の前でもう一度、確認します。お客様、大丈夫ですよね？　向こうの方、お断りするのでドタキャンは困りますよ？」

「手付金を払います！」

「というわけで、完全に決まりなのでおさえてください」

『東北自動車岩槻インターチェンジ付近で……』

この手のペテンに近い技術は、他にも日々、諸先輩方から伝授された。もっとも、時にはそういった裏技も使ったが、基本的には愚直な正面突破を試みた。休日も返上し早朝から深夜まで暴走機関車のごとく、働き続ける。前職までと違い徹夜がなく、接待も少ないのがありがたかった。仕事が終わればすぐ家に帰り、最低限の睡眠時間を取り、起きたらすぐ出勤してまた仕事という規則的な毎日。食事も1日2回のみ。昼食は立ち食いが多くどんどん痩せていったが、そんな生活が逆に摂生にはよかったようで、コンディションは常に最高の状態を保つことができた。かつてAV女優のサヤカから教わった、空腹が人を健康にするという『サーチュイン遺伝子の活性化理論』は正しかったのだと、あらためて感心したものだった。

ミキの小さな異変と、新たな出会い

一方、当時は気付かなかったが同棲相手のミキは、心労が絶えなかったようだ。というのも、前述の通り、摂食障害という心の病の治療には、孤独が何よりよくない。仕事を始めるまでの毎日ずっと一緒にいる生活が一変したことは、彼女に相当なダメージを与えていた。それでも、彼女は私が表彰を受ける度に、我が事のように喜んでくれた。


「えへへ、昇進しちゃったよ！　賞状もらったんだ、ホラ！」

「凄い！　この間、入ったばかりなのにもう主任になったの！　おめでとう！」

「また、昇進しちゃったよ！　これが辞令だよ、ホラ！」

「えぇ〜！　こんな短い期間で営業所長になるなんて凄ーい！」

「今度はMVP賞もらって昇給しちゃったよ！　これ金一封だよ、ホラ！」

「嬉しい。これから、もっともっと頑張って。私もあなたみたいにバリバリ働けたらいいのに……」


確かに喜びながらも、どこか影があったことに当時は気付かなかった。仕事に没頭し、成果を挙げ、生き生きとしていたであろう私をそっと見守ってくれていた彼女に、心から感謝している。後述するが、私はそんな殊勝な彼女に対する、重大な背信行為を働いてしまうことになるのだ……。

精力的に業務に邁進していたある日、本社の営業本部長が営業所へ定期視察に訪れた。鳴り物入りでもなかったダークホースである私の成績がズバ抜けていたために本社でも話題となり、人となりを確かめに来るとのことだった。

「怖い人だから」

営業所長からは、その一言だけが伝えられていた。私は取り繕うことなくいつも通り電話を取り、見込み客に対して電話営業を行っていたところ、気が付けば安岡力也似の体格のいい本部長が後ろで仁王立ちしており、パソコンの画面を暗くしていた。

腕を組み、目をつむって、神妙な面持ちで私の電話営業の様子を聞き入っていた。「ウン、ウン」と相槌を打つように、わずかに首を縦に振っていたようだ。アポを獲得し電話を切った後、グローブのようなゴツい手をずっしりと私の肩に添え、目を細め、白い歯をキラリと見せて話しかけてきた。

「よぉ、すげえ腕じゃねえか。そんなテクニック、一体誰に教わったんだ？」
「完全な自己流のアドリブです。天から降ってくるとしか言いようがありません（笑）」
「ハハ！　面白い奴だな！　オマエみたいなヤツは初めてだぜ！」

リキヤ本部長は私のことが気に入ったようで、さっそくその日の夜に飲みに誘ってきた。話をしているうちに、氷室京介のファンだと共通項が発覚。意気投合し、久しぶりに酒も入って豪気になった私は、「Ｄｒｅａｍ·ｉｎ」（ＢＯØＷＹ）のステージパフォーマンスをスナックのカラオケステージで再現してみせ、これが大ウケだった。

「それじゃ、夢を見てるヤツらみんなに贈るゼ！『Ｄｒｅａｍ·ｉｎ』‼」

私はリアルタイムで追った世代ではないにもかかわらず、ＢＯØＷＹの主要なライブ年月日、セットリスト、氷室のＭＣ、曲にまつわる裏話、ライブでの一挙手一投足を正確に記憶し、モノマネすることができた。本部長は大層驚き、ますます私のことが気に入ったようだった。

「よぉ、変えられない過去なんてどうでもいいじゃねえか。オレだってこの会社に入るまではとてもじゃねえが、人に言えるような人生じゃなかった。社長に拾ってもらって生まれ変わった気分でバカなりに一生懸命やってよ。オレみたいな職を6回も変えた中卒のバカでも本部長になれるんだ。ワセダ出てるオマエなら、もっと上を目指せるぜ」

「大変ありがたいお言葉、ありがとうございます！」

酒が入れば目が座り、映画『ブラック・レイン』の安岡力也そのものに見えた。一つ言い方を間違えれば鉄拳が飛んでくるのではないか？　そう感じさせる威圧感がある一方で、

「かわいい日本の子どもたちのために、今、オレたちが頑張んなきゃよぉ……」

などと、周囲がくだらない話題で盛り上がっている場でも、真剣に日本の未来を憂うのだ。私はまたもや底知れぬ人間性を感じさせる人物と出会えた幸運に感謝した。

私はリキヤ部長に大きな恩がある。

実は当時、顧客に外資系生命保険会社の幹部がいて、私は熱烈なラブコールを受けていた。「3年以内に年収3000万円以上稼げる」というシミュレーションを提示され、心を動かされる私。どうしようもなく、目の前のエサに飛び付きやすい性分なのである。

「ウチは保険会社であって保険会社でない。『外資系金融機関』だよ。世界的な企業格付け機関である米国のスタンダード&プアーズ社より、最上級のＡＡＡを取得している。君には保険の営業というよりは金融コンサルタントとして活躍してもらいたい。報酬は惜しみなく出すつもりだよ」

金融コンサルタント——何とも心地よい響きのある言葉だった。これは、どぶ板営業から洗練された世界へ飛び立つチャンスだ。私は完全に思考停止状態に陥り、ついには入社承諾書にサインしてしまったのだ。そして、その話を聞いたリキヤ本部長は、出張先のアポイントをキャンセルして、私のもとへ文字通り飛んできた。

「考え直せ。いいか、結局、保険の営業はドブ板だ。まずは親戚を片っ端から勧誘する。それだけでも保険会社は十分、元が取れる仕組みになっているんだ。今回のような引き抜きは、そいつが持っている人脈を吸い上げるのが本当の目的だ」

「いや、でもその会社は外資系金融機関で、金融コンサルタントとして僕を受け入れようとしているんです。普通の保険営業とは違うんですよ」

「もっと本質を見なきゃダメだ！　一日何百件もテレアポしているゴリゴリの投資用マンショ

ンの営業だって〝資産運用コンサルタント〟と称している。世の中で〝コンサル〟ほど都合のいい言葉はないんだ。オレの周りで、そうやって保険業界に移って1年以上生き残った人間はいねえんだよ。はじめは親戚を加入させることで、目先のノルマは達成できる。それが尽きれば、無理に友人・知人関係を勧誘して信用を失うだけだ。結局、最後は無茶な営業に走ってドボンなんだよ。あの世界は年収1000万でも4割は経費。交通費も出ないし、経費は全て自費負担なんだぞ？　結局、最後は淘汰されるのがオチだ」

リキヤ本部長の熱い言葉を受け、ハッとした。自分の母親はもともと、保険の外交員だったじゃないか。母は確かに親戚に片っ端から声をかけ、それどころか通っている美容室の店員、私の同級生の両親まで強引に勧誘して顰蹙《ひんしゅく》を買っていた。そして、最後は周囲から信用を失い身を滅ぼしていった。冷静に考えれば、身内にいい反面教師がいたのだ。目の前に人参をぶら下げられれば、思考停止でそれに向かって走る……社会人になり、多くの経験を積んでも変わらない自分の性質を猛省した。

リキヤ本部長はその日、徹夜で私に話をしてくれた。最後は朝陽が眩しいなか、一緒にサウナに行ったことをよく覚えている。

「オレはオマエと心中する覚悟だ。だから行かないでくれ」

すでに承諾書にサインをしてしまっている以上、ことはそう簡単には運ばない。私も転職せざるを得ないと考えていたが、最終的に彼は、先方の保険会社にまで押しかけ、「ウチの社員を引き抜くのはやめろ！」と言い放ち、内定を辞退させてくれた。

後の話になるが、その保険会社はリーマン・ショックのあおりを受けて経営が傾き、過酷なリストラが敢行されるような状況に追い込まれていた。あのまま飛び込んでいたら、私もどうなっていたか……。熱意を持って引き止め、正気に戻らせてくれたリキヤ本部長には感謝しかない。結局、リキヤ本部長とはその後袂を分かつことになるが、今でもよいお付き合いさせていただいている。

蘇る金狼――トランス状態の社内と、真夏の夜の夢

私はついに「蘇る金狼」になった。着実に実績を積み上げ主任、係長と、とんとん拍子でスピード出世を果たし、やがて営業所長に。東証一部上場企業のグループ企業であったその会社で、当時、入社後7カ月での営業所長への昇進は、史上最短記録だった。同時に「宅地建物取引主任者」と「賃貸不動産経営管理士」の資格を取得し、これは不動産投資を実践する現在で

も、非常に役立っている。
大学受験の項でも少し述べたが、馬車馬のように働きながら、疲れ切った体で勉強に取り組むことは過酷を極め、早稲田受験よりもはるかに辛かった。但し、幾多の修羅場をくぐり抜けてきた経験から、複数のことを並行してこなす要領のよさと強い精神力が培われ、めでたくストレートで合格となった。

その会社のトップは、典型的な成り上がりの雇われ社長だった。俳優のような端正な顔立ちに加え弁舌が優れており、アジテーションにおいては天賦の才を持っていた。

「たった10名程度から始めたこの会社が、業界のリーディングカンパニーになるということ。前例がないからこそやろうではないか！　周囲の歩調に合わせることはない。異端で何が悪い！われわれ火の玉軍団は『ＩＰＯ丸』という同じ船に乗る同志である！　この思いは必ず成就する！　皆、家族のような一体感を持ち、突き進んでいこう！」
「うおおお！」

宗教に近い異様なノリと一体感。全体会議では毎回、檀上から威風堂々と上場に向けての意気込みを熱く語り、その度に地響きのような雄叫びが上がる。社員を鼓舞する様はヒトラーかチェ・ゲバラのごとく見えた。彼は後に会社を辞め、別会社を起ち上げることになるが、その際も元社員が続々と集まり、しばらくは無給で働いていたという。恐ろしいほどのカリスマぶりだった。

トランス状態に近い社内。調子づいていた私は表彰式で酒に酔い、つい壇上から忌野清志郎のライブMCを真似て言い放ってしまった。

「みんな！　愛し合ってるかい？」

「イエーイ‼」

これが大いにウケて、社内ブームになってしまった。社内ですれ違いざまに「愛し合ってるかい？」と言えば、挨拶のようにハイタッチでそれに応える。部外者が見れば、カルト集団に思えたかもしれない。

エキサイティングな雰囲気が充満し、バイオレントなオーラを身にまとった荒くれ者たちが集まるその会社は、右肩上がりで業績を上げ続け、ついに「半年後に上場」という局面にまで至った。私は持ち株もあり、幹部社員としてロマンを感じていた。

しかし、好事魔多しとはよく言ったもの。営業会社では、成績を挙げて目立つようになると、それまでまったく自分のことを相手にせず、見向きもしなかった連中が突然、手の平を返して近づいてくる。オトコも、オンナもだ。

真夏の夜の夢、とでも言うべきか。深夜、独り孤独に営業所で事務作業に勤しんでいたときのこと、若手女性社員のミツヨが突然、訪問してきた。

上智大学出身、飯島愛と杉本彩を足して2で割ったような才媛で、スタイル抜群。まるでビヨンセのような超ビンゴ美女の突然の出現に、私は正気を失うことになる。

「先月も表彰されてましたね！　檀上でのコメント、いつも楽しみに聞いていて、ずっと前から面白い人だなと思ってたんです。よければ、これから一緒に飲みに行きませんか？」

数字のプレッシャーに押し潰され、暗い営業所の中で一人、頭をかきむしりながら疲弊し切っているところだった。そこへ予期せぬ美女からのお誘い……溺死寸前に九死に一生を得る救命ボートを得たような気分になり、ONE NIGHT STANDと呼ぶに相応しい、熱い夜を迎えることになった。

「所長、愛し合ってるかぁい？」

「いぇい！　ハイタ－ッチ！」

ミキという同棲相手がいるにもかかわらず、私はミツヨと逢瀬を重ね、その魔性でメロメロの骨抜きにされていった。とはいえ、そもそもこんないいオンナが自分のような男にアプローチしてくることが眉唾でもある。こんな会話も交わしたことがあった。

「てゆーかさ、君そんなカワイイのに、何でオレみたいなキモいオカマ野郎なんか誘ってくるわけ？　他にいくらでも需要あんだろ？　何か企んでんじゃないのぉ？」

「私、変わってる人好きなの！　だって所長ったら、檀上でのスピーチなんて聞いてるとぶっ飛んでるんだもん！　『私を倒したいなら死ぬ気でかかってきてください。いつ何時、誰の挑戦でも受けます』とか。クスリでもやってんじゃないかって、いつもハラハラして見てるよ。飽きさせないわよね！」

「ク、クスリ⁉　ハハ……バ、バカ、言っちゃ、言っちゃ、ちゃってるよ」

久々に聞いた〝クスリ〟というキーワードに狼狽を隠せなかったが、酒の勢いに任せて虚勢を張った。

「あ……あ、当たり前じゃん！　オレぁ、客をシャブ漬けにしてでも契約取る！　そーいう男なの！」

「イエス！　じゃあ、今夜は例の注射器使って、シャブ漬けにしてもらおうかしら……」
「え？」

それまでの規則正しい生活から一変し、仕事を終えると夜な夜なミツヨと夜の街へ繰り出し、激しく痛飲し、肉欲を貪った。白状すると、我慢できずに会社の中で仕儀に及んでしまったこともある。飲み過ぎて寝坊、遅刻して出勤するようにもなった。しかし、そこは「数字が人格」の営業会社。数字さえ順調であれば、たいていのことは大目に見られ、次第に私は裸の王様と化していった。

仕事ではスター扱い。それに加え社内でとびきりイカしたオンナを情婦として囲う。

「この世をば わが世とぞ思う 望月の 欠けたることも なしと思へば」藤原道長
（この世は　自分のためにあるようなものだ　満月のように　何も足りないものはない）

夜空の月を眺め、思わず吟じてしまいたくなるほどの金狼の絶頂期だった。

『シド&ナンシー』酒とバラの日々への重い代償

そうした歪んだ優越感にしばし浸り、驕り続けたが因果応報。そうは問屋が卸さない。

相変わらず、ミツヨとの危険な情事は続いていた。映画『シド&ナンシー』のように、酒と快楽に溺れる享楽的な日々。やりたいことをやり、行きたい所へ行った。仕事をサボり、会社の車に飛び乗って、「お客様案内」という名目で箱根へ温泉旅行に出掛ける。そうして、ホテルで朝まではしゃいだこともあった。

当初はミキの目を盗んでの秘密のランデヴーであることを肝に銘じていたが、日に日に感覚が麻痺し、脇が甘くなっていく。程なくミキに浮気がバレて、当たり前のように修羅場を迎えることになった。

まずはミツヨとのストロベリートーク満載のメールが見つかり、携帯を取り上げられた。そして、最悪なことにその携帯に保存していたミツヨとのハレンチな写真も見つかってしまった。クスリで世間を騒がせた某俳優と、会社社長と結婚して話題になった某女優の二人が撮り、一世を風靡した「ニャンニャン写真」を真似て撮ったものである。

「信じてたのに！」

ミキの取り乱し方は尋常ではなく、浮気相手のミツヨへも詰め寄り、二人とも敵にまわす四面楚歌の状態に陥った。しかし、これは前兆に過ぎなかったのだ。後日、警察から携帯に電話があった。ミキは睡眠薬を大量服用し、自殺未遂を図ってしまったのだ。

病室で対面したミキは、一言だけ静かに口にした。

「もう何もかも終わりにしたかったの……」

私は何も言えなかった。その後、警察からは事情聴取を受けた。

「一応、事件性がないか調べなければならないものでお聞きします。彼女とのご関係は？」

「内縁の夫です」

なぜ、恋人と言わず、内縁の夫などと咄嗟に答えてしまったのだろうか。結婚する意思が当時あったのか、なかったのか、今でははっきり覚えていない。

「一命を取り留めたものの、一歩間違えれば命を落としていた可能性がありました。彼女がこんなことした理由に何か心当たりは？」

「いえ、特には……」

自身の裏切りが招いた完全な人災だというのに、自分はとことん卑劣だった。これまで精神的に自分を支えてくれた上に、摂食障害という重い心の病と孤独に格闘してきた彼女に、さらなる精神的打撃を与えてしまったのだ。

「オマエ、最低の男だな。支えてきたオネエをこんな目に遭わせて……絶対、許さないからな！」

ミキの弟からはこのように厳しく糾弾され、思い切り殴られた。かつて母親から幾度も投げかけられたフレーズが頭に浮かぶ。

「オマエは好きで生まれた子じゃない」

（ああ、やっぱりオレは何の価値もない人間なんだ……）

凄まじい自己嫌悪に陥り、満ち潮が一斉に引いていくように、仕事も悪化し始めた。営業の仕事は残酷にも数字という形で結果が出てしまう。負のスパイラルに陥るとなかなか抜け出せないものだ。

結局、ミキとは別の道を歩むことになった。切り出したのは私で、これ以上、生活を共にしても彼女を幸せにすることはできない、お互いに不幸になるだけだと判断したのだ。退院してしばらく経ち、冷静になったミキにその意思を伝えたところ、彼女も同意してくれた。私は精一杯の誠意として、彼女が次に住む家を手配。生活保護も受けられることになり、身勝手に胸をなでおろした。

ミキからの最後の言葉は、今でもはっきりと覚えている。気丈にも「あなたには感謝しているよ」の一言から始まり、次のように話してくれた。

「ホントはあなたのお嫁さんになるつもりだったのだけど……もう終わり。仕方ないわよね。あの雨の日のこと覚えてる？　この部屋の鍵を渡してくれて、私をイサカの魔の手から逃がしてくれた。あのままだったら私、ホントに死んでいたかもしれない。だから、本当に感謝しているの。あんな業界、あんな仕事はもう二度としたくないし、無理矢理引き離してくれたこと、ホントに嬉しかった」

続く言葉は、私が自分自身を客観的に見つめるための大きなヒントを与えてくれた。つまり、自分の人生を不遇なものだと考えていたのは間違いで、彼女に比べれば十分に恵まれていたのだ、と。

「私、あなたが羨ましくて仕方ない……。私と同じように不幸な家庭に生まれ育って、スタートは同じなのに、あなたは助けてくれる親戚がいて、早稲田まで出て、タフで、そうやってバリバリ働けるんだもの。

私を見て。中卒でまともな仕事ほとんどしたことないんだよ。身内だって父親はアテにならないし、むしろ私が助けなきゃいけない弟がいるだけで、支えてくれる人なんていなかった。グレてホストに狂って、風俗に沈められて、あんな男にオモチャにされて……こんなダメ人間、なかなか居ないよね？　これから頑張ろうと思っても、お医者さんから働くこと自体を止められているし、生活保護をもらって惨めに生きていくしかない。あなたと正反対の無様な姿よね。

言い訳だけどね、好きで風俗で働く子なんてほとんどいないよ。皆イヤイヤ、おカネのためだけに相手を選ばずカラダを売って、生活の糧を得なくちゃいけないの。あなた、自分がシワと白髪だらけで太った50代のオバちゃんとエッチできる？　風俗嬢はそれをガマンしてやっているのよ……私、ダメね。そもそもあなただって同じ業界にいたんだから、風俗嬢の気持ちは分かっているはず。私は説教なんてできる立場じゃなかった。

ただ、あなたが恵まれていることだけは分かってほしいの。いつも仕事で辛そうにしてるけれど、それはいろんなことから逃げていい理由にはならない。だって、世の中には働きたくても働けない人も大勢いるのよ？　だから、ちゃんと幸せなんだって思わなきゃ」

そして最後は、私への謝罪とともに、あえて前向きな言葉を贈ってくれた。

「自殺なんてしようとして、本当にごめんなさい。反省してる。あなたに生かしてもらった命みたいなものなんだから、これからは前向きに生きていくよ。いつか必ず病気を克服して自分の足で立ち上がってみせるから。お互い頑張って生きていこうね。これまで本当にありがとう。じゃあね」

これが本当に最後だった。それ以来、電話もメールも一切せず、消息すら分からない。

バリバリ働けるあなたが、本当にうらやましい――。

働くことなんて、当たり前だと思っていた。それどころか、厳しいノルマ、職場での理不尽な仕打ち、複雑な人間関係に過酷な労働環境……と、グチりたいことばかりで、順調な時期もどこかでストレスを抱え、結局、オンナに逃げて、ミキを傷つけてしまった。私はあらゆる運に救われて、仕事で力を発揮する機会に恵まれていた。置かれている状況に感謝しなければいけない……ミキは最後に、それを教えてくれたのだった。

感傷に浸り、心機一転仕事に打ち込もうと考えていたが、それも束の間。結局は目の前の出来事に右往左往させられることになる。同時期に別件で、私はまた警察の事情聴取を受けることになったのだ。

何でも、私が親しく付き合っていた顧客が、被害額3億円の振込詐欺のリーダーで指名手配を受けているのだという。警察から、その顧客と私との度重なる通話記録を書面でつき付けられ、問い詰められた。

「あなた、この人と親しい間柄ですね？　これだけ電話で話し合ってますし、○月△日に一緒にカラオケで遊んでいる姿が、防犯カメラに映っています」

防犯カメラの映像をプリントアウトした写真を見せられ、思わず苦笑した。まるでBOØWYのアルバム『BEAT EMOTION』のジャケットに映る氷室京介と布袋寅泰のように、ノリノリで熱唱する私と振り込め詐欺のリーダーが鮮明に映っていたのだ。不動産屋と客という枠を超え、プライベートでも親しくなっていたのは事実。今だから正直に話すと、「堅気ではない」ことには感付いていた。しかし、指名手配されるような悪事を働いているとは思いもしなかった。

長時間の事情聴取の末、ようやく私が彼の正体を知らなかったこと、彼の犯罪行為と私が一切関係がないことを理解してもらい釈放されたが、この頃から運気のバイオリズムは急速に下降し、営業実績数字にも伝播していった。

（エスをやれば、ひょっとして……）

精神的にも落ち込み、いっそのこともう一度、クスリの力を借りた起死回生を考えたことも白状しておく。ミキと離れた寂しさあり、眠れない夜を歪んだ葛藤とともに過ごしていた。廃人に逆戻りするような愚挙を避けられたのが、せめてもの救いだった。

しかし、一度狂い出した歯車はやすやすとは戻らない。それどころか、濁流は自分だけなく、驕った時代をものみ込もうとしていた。

――ライブドアショック。そして、その後の不動産市況の悪化と急転落。栄華の絶頂を極めた上場企業が次々と倒産していく悪夢を目の当たりにし、私が勤めていた会社もその煽りを受けて、急速に業績が悪化し、親会社は倒産するに至った。

「愛し合ってるかい？」

そう陽気に呼びかけたとしても、誰も反応しない。もはや「愛し合う」どころではなく、皆がバラバラに離れていった。

そんな中、私に目をかけてくれていたリキヤ本部長は精鋭を連れて独立。リーマン・ショック前後の苦難の時代も鉄の意志を貫き、荒波を乗り越えて、その後に上場を果たしている。独立に際しては私にも声を掛けてくれて、心が揺れ動きはしたが、その頃には不動産自体への熱が冷めてしまっていた。

もう、不動産の時代は終わりだ。顧客に対しては不動産投資の将来性を熱く語るが、その実、本音では斜陽産業と断じ始めていた。日本はこれからどんどん人口が減っていく。地価は下落し、空室率は増える。都心部はまだマシだが、郊外では不動産が買った時よりも高く売れるケースなど少なくなる一方だった。

ミキの言葉で「働けることのありがたさ」が骨身に染みたはずの私だったが、気が付けばまたも将来を憂う事態に陥っていたのだ。

人生を変えた1本の電話

将来を憂い、悩んでいたある日のこと。突然、職場へかかってきた1本の電話が私の人生を大きく変え、運命に翻弄されることになる。それは「ヘッドハンター」を名乗る、見知らぬ人物からの電話だった。

「あなたをスカウトしたい。一度、会っていただけませんか？」

自分にヘッドハントなどありえない。経歴はきちんと調べたのだろうか？　と、耳を疑ったが、これが事実であった。

後日、都内の高級ホテルのラウンジに呼び出され、面談したのは藤原紀香風の美女。見るからに才色兼備の肉感的な女性で、かつて財閥系の大企業に勤務していたという。声を掛けてきたのは、都内一等地有数でインテリジェントビルにオフィスを構え、破竹の勢いで業績を伸ばしていたＷＥＢコンサルベンチャーだった。

要するに、事業拡大に際して他業界で活躍している営業マンをスカウトしている、という話だった。何度か面談を重ねたある夜、その女性はおもむろにジャケットを脱ぎ捨て、豊満なバストを強調しながら、口説きにかかってきた。

「今が決断のときです。もう一度、ご自身のキャリアの棚卸しをされてみてはいかがですか？　あなたは自分の市場価値を理解していない。我が社に来て飛躍するべきです」

この言葉に驚いた。かつて風俗・キャバクラのスカウト、引き抜きで自分が決めゼリフとしていたフレーズを、表社会のヘッドハンターが口にしたのだ。驚くとともに、自分がもがいてきた歴史、そこで培ってきた営業スキルを認めてもらえたような気がして、うれしさがこみ上げてきた。無性に飲みたい気分だ。

「一杯、いただいてもいいですか?」

「ええ、もちろん」

女性スカウトの口説き文句と、注文した強めのカクテルが相乗効果を生み、快感が体中を駆け巡っていく。以前の私なら、ここで痛飲し、「愛し合ってるかい?」とボルテージを上げていたところだが、このときは静かに飲み、自身の進退について熟考した。

(またまた安易に誘いに乗っていいのか。いや、不動産は斜陽産業。いま声を掛けてくれてる会社は、紛れもないホンモノだろう。成長過程にあるベンチャー企業で思う存分、自分の力を試すのも悪くないのでは……)

「一緒に会社を大きくしましょう。貴方の力が必要なんです!」

越えてはいけない一線を越え、破天荒に生きてきた自分のような人間を「必要だ」と言ってくれる人がいる。存在を認め、チャンスを与えてくれる会社がある。何とありがたいことだろうか――そう考えると、思わず涙腺が緩んでしまった。

「どうしました?」

「いえ、何でもありません」

ビル・エヴァンスのジャズが耳に残る夜。ラウンジでの面談後、魅惑の美女と真夜中のランデヴーへの衝動に駆られたことは正直に白状する。しかし、これまで何度も愚行を繰り返して痛い目に遭ってきた私。さすがの金狼にも、自制心が芽生えていた。

(またリセットだ。今度こそしっかりやり直そう)

家路に着くころ、私は入社を決断していた。

ケタ外れの成長を遂げるベンチャー企業と、「裏の顔」

初めてオフィスに足を踏み入れたときのカルチャーショックは、松田優作の映画に出合った時のそれに匹敵するレベルだった。顔ぶれは元メガバンク、外資系大手コンサル、大手証券会社など、名だたる有名企業出身者ばかり。東大に一橋、中学から大学まで慶応育ち……と、絵に描いたような高学歴集団だった。

しかもただの頭でっかちでなく、心技体揃った逸材が集結しているように思えた。20代半ばの役員は、年収３０００万円に上る。とにかく活気に満ち溢れており、その光景に圧倒された。これまで泥臭い業界でもがいてきた私にとっては、すべてが美しく見えた。

「生活のためだけに、イヤイヤ仕事をすることほど虚しいことはありません。われわれは仕事を通じてハッピーになることをとことん追求したい。そして、弊社のサービスが日本経済を活性化させることを信じて止みません。近い将来、必ず世界進出を果たします。上場はその一過程にすぎません。たった一度しかない人生、仕事に全力投球して最高に熱い仲間たちと燃えてみませんか？」

そんなポジティブなメッセージに吸い寄せられるように、電通などの大手広告代理店、総合商社などの内定を蹴って、この会社に新卒で就職する学生もいたようだ。創業ビジネスはＷＥＢコンサルだが、金融やヘッドハンティングなど、多角展開を図っていた。

私は、同社で主流ではないヘッドハンティングの部署に配属された。裏社会、オンナ商売で他店からの引き抜き、ヘッドハントで辣腕を振ってきた人間が、表社会で優秀なビジネスマンをターゲットにした本物のヘッドハンターになる。皮肉で、因果なものだ。

とはいえ、これだけ高学歴、名門企業出身者を集めている企業のこと、かつてのような泥臭い仕事ではなく、さぞスマートでスタイリッシュな日常を送れるのだろうと考えていたが、やはりと言うべきか、そうは問屋が卸さなかった。

まさに破竹の勢いで業績を伸ばすそのベンチャー企業は、表向きは「WEBコンサル」を謳っていたが、実態は「過激で強力な営業会社」という方が正しかった。前述のように優秀な人材が一線を超えた過激なセールスを敢行するのだから、当然、驚愕の実績を産む。

2014年に大きな話題になった「STAP細胞」の報道を目にする度に、どういうわけかこの会社を思い出してしまう。頭脳明晰なエリートが功名心に駆られて一線を超えてしまった場合、世間を震撼させる由々しき非常事態に陥るものだ。そういえば、キーパーソンの小保方晴子氏も早稲田出身だ。

さて、私は思わぬスカウトと「イケてるベンチャー企業」で働くことに浮かれていたが、実際の営業スタイルにはスマートさの欠片もなく、むしろ風俗店と同等かそれ以上のどぶ板営業が基本だった。本業以外でも、少しでもカネの匂いを感じ取れば新たな部署を立ち上げ、過酷なノルマを課し、できなければ容赦なく切り捨てる。「勝てば官軍」の徹底した成果主義であり、早朝から深夜までの激務だった。休日出勤当たり前、途方もなく高い必達数字と過酷なテレアポ……つくづくブラック企業と縁がある私だ。

経営陣は日々、朝礼講話にて過激なアジテーションを行ない、若者を洗脳する。

「ウチには25歳の役員、〇〇専務がいる。君の年収はいくらかね？」

幹部は指をパチンと鳴らし、若手役員を指差した。そして吉川晃司のような軽快かつナンパなステップを踏み、キレのある挙動で講釈を始める。

「3000万です！」

「そぉう！　言っておくが彼は創業メンバーではなぁい！　プロパーの新卒だ！　彼は三井物産やフジテレビに勤める同年代の何倍も稼いでる。これがベンチャーならではの醍醐味、ケタ外れの成長ってやつだ。ウチの会社に来たからには、誰が何と言おうとデキるヤツにはどんどんカネを取ってハッピーになってもらう。魂を燃やして、殻を突き破ってほしい！　辛い現実だが、落ち着いて聞いてくれ。残念なことに人生のおけるあらゆる悩みは、ほぼカネで解決できてしまう。例えば仕事以外でもいい。君たちの目下の悩みは何だろう？　つまらんことでもいい。無礼講で率直に聞かせてくれ」

新人たちが次々に発言し、幹部は間髪入れず、彼らを鼓舞していく。


「そうですね、僕は満員電車の通勤が辛いです」

「君は確か独身だったな？　稼いで会社から歩いて通える家賃20万のマンションに引っ越すか、オレみたいにタクシーで通勤すればいい！」

「親が病気で大変です」

「稼いで介護付きの一流の病院に入れてやりなさい！」

「彼女が欲しいです」

「いいオンナは稼げば勝手に近づいてくる！」

「正直、仕事がハードで体調が……」

「稼いで高級マッサージに行き、栄養価の高い最高級のモノを食べなさい！　煎餅布団は捨てて、毎日シモンズの高級ベッドに寝ていれば問題ない！」

「老後の年金が不安です」

「若いうちに一生分稼いで年金のことなど忘れてしまいなさい！　そもそも60歳からもらえる神話が崩れてしまった昨今、年金に期待すること自体が間違いだ」

そんな中、一も二もなくカネを稼ぐこと自体に疑問を投げ掛ける者もいた。幹部はその処方箋も「カネを稼ぐこと」で返している。

「稼ぐことを絶対視するより、社会貢献がしたいです。海外青年協力隊に参加して、ボランティア活動がしたいと真剣に考えているのですが」

「それは違う。稼げば稼ぐほど勝手に税金取られて、国が勝手に全国にバラまいてくれる。つまり、誰よりも稼ぐことが何よりの社会貢献だ！　社会貢献するために海外青年協力隊だって？　そんなものにかまけているヒマがあったら、誰よりも稼ぎなさい！　日本は税率の高い国だ。それに嫌気が差した富裕層は、どんどん海外に逃げていく。日本を支えてくれているのは孫さん、三木谷さん、柳井さんなどの超富裕層であり、彼らが払ってくれてる莫大な税金のおかげで国が成り立っているということを忘れるな！」

こうして若者たちの野心を煽り、苛烈な営業マシンが何人も造成されていった。当然ながら賛否両論あったが、私は幹部連中の考え方には断片的に共鳴していた。

「人生は短い。20代前半から働き始めて、猛烈に動くことができる実稼働年数など、たかが20

年だろう。40すぎたらカラダも無理が利かなくなるから、身も心もしぶとい若いうちに勝負を賭けた方が賢明だ」

そう考え、とにかく生き急いだ。アクセルをローギアに切り替え一気に踏み込み、駆け抜けた。ミキが気丈にも最後に教えてくれた「働くことができる喜び」——それを正しく解釈した結果であるかは別として、私は早稲田大学を目指した当時と変わらず、「勝つ」ことを至上命題にしてとにかく働いた。勝てるなら、ITでも人材ビジネスでも、スマートな営業でも押し売りでも、何でもよかったのだ。

〝第二のリクルート〟での兵役

「ヘッドハンティング」——端的には自社が優位に立つために競合他社から人を引き抜き、そのノウハウも手に入れてしまう合理的手段だ。かつてマクドナルドの社長がアップルコンピュータから、ユニクロの社長が日本IBMから、SBIの社長が野村証券から、それぞれヘッドハントされたというのは有名な話だが、すべてがそんなに高邁なものではない。現場は一般の方が思い描いているものより、ずっとエグいものだった。

私の場合、不動産会社出身ということもあって、新興不動産企業が同業大手から優秀な人材を引き抜くという案件が多かったが、まさに生き馬の目を抜くような壮絶な現場だった。私が実際に行なっていた〝手口〟をひとつ、言える範囲で紹介しよう。

まずは手当り次第、優秀な人材が多そうな企業の幹部クラスの名前を、口コミ、名刺収集、ビジネス雑誌、卒業者名簿など、あらゆる手段を駆使してリサーチし、オフィスへ電話をかける（名刺に携帯電話番号が書いてある場合はそちらへ）。例えば、三井物産や野村證券の部長クラスなら、詳しく調査したり、実際に会ったりしなくても、おそらく優秀だろうという見込みが立つということだ。

「私はヘッドハンターです。実は○○様をヘッドハントしたいとおっしゃっている、社長様からの依頼でお電話差し上げました」

開口一番、毅然と言う。だが実際には、この段階で実際にクライアントから名指しでヘッドハントしたいという依頼を受けているわけではない。相手は当然――私もそうしたように、「どこの会社の社長が、いったいどんな経緯で自分の名前を知ったのか」と聞いてくる。そこで、

「多分にデリケートなお話ですので、この電話で詳細をお話しすることは憚られます。ご自身の市場価値を知り、今後のキャリアアップを考える上で会うだけでも損はないと思います。一

度、お時間をいただけませんでしょうか？」

と話せば、大抵はアポイントが取れる。そして、高級ホテルのラウンジに呼び出し〝カネになる素材〟かどうか、品定めをするのだ。繰り返すが、この時点ではその特定の人物を引き抜きたいという具体的な指名オファーが存在するわけではない。

会うことができたら、興味を引き付けるため、まずは〝とある案件〟の紹介をする。

「今回、○○部長をヘッドハントしたいとおっしゃっている社長ですが、創業35年、年商200億、従業員200名ほどの△△業を営むオーナー社長でございます。35年間、ご自身がトップとして陣頭指揮を執られてきましたが、ご年齢のこともあり、後継者問題に悩んでおられます。ご子息がおりますが、残念ながら社長は後継者として相応しくないとご判断されており、世襲を考えておりません。そこで業界問わず、現在、現場の第一線で活躍され経営センスのある○○部長のような方を次期社長候補として、ヘッドハントしたいというオファーを弊社が受けたのがきっかけでございます。正直、今回の案件は社運がかかった最重要課題につき、報酬に関しては惜しみなくご提示する先方のご覚悟がございます。ご縁が叶うなら、言い値で構わないと社長はおっしゃっております」

このように相手の歓心を買えるよう、切り込んでいくのだ。「どこで自分の名前を知ったのか？」という質問に関しては、次のようにやりとりするのが通例だった。

「我々は常に優秀なビジネスパーソンをリサーチしており、頻繁に異業種交流会に参加させていただいております。そういった場で懇意になった方々には率直に相談します。『今、こういう案件を抱えて、こういう人材を探している。△△社の部長クラスで優秀な方の評判を聞いたことはないか？』と。そういった形で複数の方々からお名前が出てきたのが、○○部長だったのです」

「なるほどねぇ。嬉しい話ではあるが、誰が私の名前を挙げてくれたの？」

「そこは守秘義務がありますので、お察しください。あ、そうそう。そういえば、その異業種交流会では今回の案件とはフィットしませんでしたが、名古屋支店の財務部で優秀なマネージャーとして評判の……すみません、名前がすぐに出てきませんが、その方の名前も複数の方から出ていたのが印象に残っております」

「え⁉　□□のこと？」

「思い出しました。そう、□□さんです」

「あいつ、オレの同期なんだけど……参ったな。今日、オレがこうして会ったことは内密にしてくれるよね？」

「無論です。このビジネスは守秘義務が何より問われるものです。ご安心ください」

もちろん、これは誘導尋問だ。調査に信憑性を持たせた上で、スカウト対象の行動を縛り、かつ名古屋支店の財務部に優秀な人材がいるという有力情報も手にしたことになる。後日、別の案件で財務部のヘッドハントがあった場合に、アプローチする布石が打てたことにもなるのだ。

また、ヘッドハントは守秘義務が徹底されていること、自身の市場価値が高いと認識させ、目の前のヘッドハンターの利用価値が高いと思わせればシメたもの。途端に壁を取っ払い、学歴・経歴・現在の年収・今後のキャリアビジョン、業界の裏話、競合他社の人材についてなど貴重な情報をヒアリングさせてくれ、今後の種まきまでさせてもらえる。

こうしてスカウト人材のプロファイルは完成し、会社が抱えている数多くの案件の中でどれに当てはめられるかを検討する。実際にドンピシャの案件がある場合は今度こそ本当のスカウトに移行する。乱暴な表現だが、要は手持ちのカードだけ事前にたくさん揃えておき、パズルのように後から当てはめていくのだ。

それでは、当初の「創業35年、年商２００億」という〝とある案件〟の話はどうなるのか？

これについては「火急の案件につき、他のヘッドハント会社が破格の年収を提示し、タッチの差で決まってしまった。この手の話はタイミングが重要」と言い訳をし、「ちなみにこんな案件もあるのですが、いかがですか?」と本命の案件に振り替えていた。

例えるなら、不動産のおとり広告に引っ掛かった客を別の物件に振り替え、強引にクロージングするようなものだった。「掘り出し物件」などない。今のご時世、優良な求人案件はインターネットでいくらでも検索できる(もっとも、採用されるかどうかは別だが)。

こうして1日に5~6名の候補者と面談を繰り返していけば、確率論で何件かは成約に結び付き、案件によっては年俸の60%という破格のフィーが得られる。年収3000万円の人材なら報酬は1回で1800万円ということだ。コストは電車代と1杯1000円のお茶代のみで、在庫リスクはまったくない。やり方によっては口八丁手八丁が通用してしまい、恐るべきコストパフォーマンスを発揮する商売なのだ。

追い込まれ、繰り返した禁断の裏ワザ

ここで私は、不動産時代に習得した禁断の一手を打ってしまったことがある。恐るべき高い目標数字に追われ、精神状況は限界寸前。目標の達成まであと少し、という状況でのことだった。

ヘッドハントの最終局面は、やはりカネの話になることが多い。自分を引き抜きたい社長は一体、自分に対してどれだけの報酬を支払ってくれるのか……候補者は、それを最後の決断材

料とする。当然といえば当然かもしれない。

その日、私はある案件で、渋谷のセルリアンタワーのラウンジに向かった。好立地だが堅苦しくなく、上戸彩やGACKTなどの著名人もよく見かけるメジャー感のある場所で、クロージングの攻防戦を何度も繰り広げた思い入れのあるラウンジだ。

候補者は移籍を6割方、決めつつあり、最後は報酬の検討のみまでに迫っていた。そして、その日のうちに案件のクロージングに成功すれば晴れて目標達成、私はスター社員の座を保持し、社員の羨望を集め、あの媚薬のような勝利の美酒に酔いしれることができる……という状況。普段以上に力の入る最終決戦だった。


「20代の僕を社長がそこまで評価してくれるとは……今、課長の僕を営業部長として迎えていただけるわけですよね？　正直、感激です」

「正直、私も長いスカウト人生の中で、ここまで社長が熱を入れあげるケースはあまり見たことがありません」

「それで結局、年俸はどんな感じなのですか？」

「……これから社長と相談しますが、まずは○○様のご要望を伺えますでしょうか。どれくらいを望まれますか？」

「う～ん、今の年収が1200万でしょう？　リスクを背負って転職するなら、やっぱり1.

5倍（1800万）はもらえないと……」
「なるほど。ごもっともです」
「厳しいですか？」
「いえ、私からは何とも。許容範囲とは思いますが」

実は先方の社長からは、事前に「MAXで2000万までは出す」と言われていた。しかし、ただその金額をストレートに提示しただけでは、すぐに首を縦には振らないように思われた。相手は「基本給50万円」にその場で飛びつき、風俗店の店長になった私とは違う。しかし、目標を達成するにはその日のうちにクロージングする必要があり、金額の交渉をしている時間はない。

ここで持ち帰られたら、自分は敗者になり、すべてを失ってしまう。少しでも検討の余地を残してはダメだ。ここを確実に切り抜けるウルトラCはないか——。平静を装いながら、内面はまさに緊急事態。頭の中でのたうち回りながら、答えを探した。

（ハッ！　〝ガセ電〟だ）

そこで天から降ってきた、禁断のキーワード。しかし、これは信義則に反する奥の奥の手で、転職を機にもう使うまいと決めていた。こんなところでその禁を破れば、また悪魔に魂を売ってしまうことになる……。

「ちょっと、家に帰って妻と相談してみますよ。一週間くらい時間もらえます？」

「そうですか……」

(待て、待て！　今日、決めてもらわないと困るんだって！)

そこで覚悟が決まった。

「ちょっと待ってください。今日、○○様とお会いすることは社長に言ってあります。今も吉報を待っているはずなので、電話してみます。実際私も、社長が報酬に関してどう考えているのか、もう一度、確認してみたいので」

「え？　こんな夜遅くにいいんですか？」

「社長もこの件については必死ですから、正直、急いでいらっしゃるのは事実です」

必死で、急いでいるのは社長ではない。私は「#８１６２」をコールする。

『こちらはネクスコ東日本です……』

「夜分遅く、お忙しいところすいません。今、お電話少し大丈夫でしょうか？　○○様とご面談させていただいておりまして……」

『21時現在の交通情報をお伝えさせていただきます』

「○○様はすでに社長の思いは受け止め、ご理解いただき、営業部長というポストに関してもご納得されております。ただ、ご家族のことを考えるとやはりリスクは大きく、金銭的な部分での補填はかなり重視されているのです」

『現在、△△付近で降雪による路面凍結が発生し、スタッドレス、チェーン規制が実施されております……』

「はい。無理は承知の上でのご相談です。社長……もし本当に○○様がほしいのならば、この場でＭＡＸ条件をご提示いただけないでしょうか？　最大でいくら年俸をお出しいただけるでしょうか？」

『引き続き、交通情報をお伝えいたします……』

「そうですか。分かりました。お電話お待ちしております――社長はやはり、○○様に相当、ご執心のようです。すぐに副社長に電話して相談し、結論を折り返しいただけるようです。15分以内に掛かってこなければ、とりあえず今日は諦めて持ち帰り案件とさせてください」

「分かりました」

10分後、手慣れた私は着信を装い、折り返しの電話をかける。

「すいません！　社長、こんな遅い時間に動いていただいて……副社長とのお話はいかがだったでしょうか？　本当ですね？　◯◯さんは目の前にいらっしゃいます。寛大なご配慮、心から感謝いたします。それでは、またあらためてご報告いたします！」

渾身の芝居を終えて、クロージングのときを迎えた。

「◯◯様、社長はご聖断を下されました。もし今日、ご決断いただけるのであれば年俸2000万を保証されるとおっしゃっております！」

「2000万⁉　ホントですか？」

「この場で弊社の署名を付けてしたため、お約束いたします」

「……」

沈黙が続く。焦る私にとっては、ほとんど永遠のように思えた。そして……。

「分かりました。そこまで社長にハラを括られてしまっては、私はぐうの音も出ません。行きますよ。向こうの会社に移籍して、社長の神輿を一緒に担ぐことに決めました！」
「意志は固いと受け止めて宜しいのでしょうか？」
「はい！」
「では、こちらの入社承諾書にご署名の方をお願いいたします」

こうして私は気が狂うような目標数字を達成し、多大なるスカウト報酬を会社に入金することに成功した。メッキは剥がれず、めでたくスター社員の座を保持したのであった。

さて業の深さか、生存競争に淘汰される恐怖からか、気が付けば私はかつての鉄砲玉、金狼に戻っていた。会社の基準は、基本的に無視だ。世の中の裏を徹底的に見てきた自分だからこそ、奇抜で柔軟な発想力を駆使して大型案件を次々に受注していった。そして、役員から賞賛される実績を残すまでに時間は長くはかからず、短期間で管理職に抜擢されたのだった。

「毎日、朝から外に出ていってほとんど会社にも戻って来ない。一体、どこで何をやっているかよく分からないが、数字だけはキッチリ挙げてくる得体の知れない男」

退社後に聞いた話では、そんな印象を持たれていたようだ。
入社数年後。同時期に中途でスカウト入社してきた何十人もの連中は、ほとんど会社を去った。また、入社前には想像もできない激務を強いられるため、新卒者も3年以内に大半が離職してしまう。上場を目論んでいたそのベンチャーは立ち止まることを決して許してくれない。実績に応じてノルマは際限なく上がり、一向に楽になることはない。働けど働けど、疲弊していくばかりだった。

偶然にも私はＩＰＯを喫緊の目標とするベンチャー企業を立て続けに2社、渡り歩き見せつけられた。「ＩＰＯ達成」「必達数字」という名の麻薬が功名心に憑りつかれた経営者を暴走させ、そこへ飛び込んできた青年たちの尊い正気を破壊していくという、狂気の沙汰を。社会に出たばかりの年下の連中が次々にダウンし、淘汰されていく。それを見るのが、本当に辛かった。幸か不幸か、私は明るい未来を描くべき有望な青年ではなく、贔屓目に見ても擦れっ枯らしだったため、経営陣の妖術は最後の最後まで、通用しなかった。

勝負の狂乱から醒めていく中で、忘れられない屈辱的な出来事があった。短期で管理職に抜擢された私は幹部研修で恥をかくことになる。
その研修には根っからのエリートが集まっており、彼らと一緒に企業の財務諸表を眺めながら議論し、役員から次々と質問を投げ掛けられるのだが、私は他の連中に比べ答えられないことが多過ぎたのだ。

「今から渡すこのA社の決算書を見て、キャッシュフロー分析、経営分析を端的にやってみて」

「……すみません。すぐには答えられないので、少し時間をいただけますか？」

「仕方ないね。それじゃ代わりに、△△くん、どう？」

右脳人間の私は即答できなかったが、一橋大学出身の秀才は渡されたばかりの決算書を眺めながら、明解に答えた。

「そうですね……直近3カ年で当期純利益は約170％、9100万から1・54億円まで増えています。利益が増えた分、営業キャッシュフローがギリギリ赤字にならない程度に抑えながら、上手に新規出店など投資に回していますね。投資キャッシュフローを見れば継続的に有形固定資産への投資していることが確認できます。企業戦略のタイプとしては『未来投資型』と呼べるでしょう。改善点としては在庫が前年比で2億増え、営業キャッシュフローが5000万円減少しています。在庫を減らす販売力の強化が喫緊の課題でしょうね。他の課題としては、そうですね、棚卸資産回転率が9・0から7・8に減少、流動資産回転率が267・7から247に減少、現預金回転率が17から14・7に減少していること……。パッと見る限り、そんなとこでしょうか？」

「うん、いいね。まあ、そんなとこだろう」

このときのショックは忘れられない。自分は本物のエリートでなくても、能力では負けていないと思っていた。それが、彼らは決算書を一目見ただけで――かつて天才的だと思っていたゴトウ社長のように、数字が浮かび上がって見えているがごとく、スラスラと分析していくのだ。

(もしかして、見えないのはオレだけ？　オレがバカなだけなのか？)

相当な自己嫌悪に陥った。営業実績は文句を言われることがないレベルにあったため、その場で罵倒されることはなかったが、周囲の目が何かを物語っているように思えてならなかった。

(コイツ、これでもホントに早稲田出てるのか？)

被害妄想は日増しに成長し、自信が喪失していったのだった。

第八章

震災ですべてを失いかけ、残ったものは――

安定企業に入り、金狼から茶坊主へ

「泳げないヤツは沈めばいい」

容赦なく、徹底した実力主義、成果主義に晒され、それまで強い精神力を自負してきた私もいよいよ息切れを隠せず、こっそり内面で弱音を吐き始めていた。

（普通の会社で働きたい。地味でもいいから、穏やかな日々を送りたい……。生まれ育った家とは１８０度違う、心休まる家庭を築くことができたら……）

激務は相変わらず、土日も返上して働く日々が続いていた。不動産時代もそうだったが、私は一発屋で終わることを恐れて無理を続け、何とかコンスタントに数字を挙げることができていた。そのことで周囲から一目置かれていたが、終わりのないラットレースにほとほと疲弊していた。ブラック家庭に生まれ、家庭の温かみも知らずに育ち、学歴社会へ無謀な挑戦をした。勝ち続けなければ、底辺に逆戻りしてしまう——そんな恐怖に突き動かされるように、目の前のオイシイ話に飛びついては、七転八倒しながら、チープな成功を収めてきたと思う。しかし、そんな日々ももう終わりにしたくなっていた。

念ずれば通ずる、ということか。その頃、結婚を決意させてくれる女性——現在の妻との出会いがあった。生まれた家庭の影響も強く、20代の頃は結婚に対して憧れも興味もまったくなく、むしろ若くして結婚した周囲の人間を観察し、「家庭は仕事の足を引っ張るものだ」とさえ考えていた。とある飲み会で出会い、彼女とならば温かい家庭を築くことができるとすぐに確信したが、それにはこれまでのような職場から離れ、正真正銘のホワイト企業で働くことが絶対条件に思えた。事実、当時勤めていたベンチャーは離職率と同様に、離婚率も極めて高かったのだ。私は仕事と家庭を両立し、長く働くことができる会社を死ぬ気で探し求めた。

人材ビジネスを経験した私にとって、求人広告ほど信用できないものはない。美辞麗句を書き並べ、実際は奇跡的な史上最高記録にもかかわらず「年収例」として過大な収入期待を抱かせる。離職率が極めて高い会社であっても、そのホワイト企業ぶりを猛アピールするのだ。ただのドブ板営業を「コンサルタント」、保険屋を「外資系金融機関」と称し、休日や労働時間など実態とはかけ離れた記載をする。

一方、最も信頼しているのは「人脈」だった。転職回数の多い私だが、ゼロベースで自分から志願して入った会社は前述の不動産会社しかない。残りはすべて、縁故か誘いだ。そしてこのときも、ありがたい縁に導かれるように、あこがれの一般企業に入社することになった。ボロ雑巾のようなテレビのADからスタートし、騙されてブラック企業に追いやられ、そこから社会復帰を果たしたものの、変わらず過酷な労働環境に耐え続けた。長きにわたる風雪に耐えた後、ようやく「普通の暮らし」が手に入れることができる。入社が決まった時は感極まり、涙腺が緩むほどだった。

ちなみに前職のベンチャー企業時代の仲間たちとは今でも交流があるが、多くの人間があらゆる業界で独立し、成功を収めている。知っている限り、失敗した人間は一人もいない。むしろ雇われの身で平凡なサラリーマンをやっているのは私くらいと思われる。

また、その会社は労働環境が大幅に改善され今では離職率の低い、右肩上がりの成長を続ける超優良企業に変貌を遂げ、念願のIPOを達成した。持株会に入り少なからず保有株があった私は、残留していれば億万長者になっていたかもしれないが、「たられば」の話は身も蓋もない。出身会社が大きく飛躍したことは素直に喜びたい。数々の会社を渡り歩いてきたがこの会社の人間が間違いなくダントツで優秀だった。仮に今、戻って同じ土俵の上で彼らと闘ってもおそらく勝ち目はないだろう。

「あの会社での兵役を終えてたくましくなったよね」

昔の仲間と話すと、このように笑い合う。ともあれ、〝第二のリクルート〟での兵役を終え、私はまた一段と強くなった。その力を温かい家庭のために使うのだ。最後のチャンスと腹を括り、カッコ悪くても家庭のためにしがみ付こう、平穏な暮らしが実現できればそれでいい、と覚悟を決めたのだった。

悪戦苦闘した東京を離れ、舞台は宮城県の仙台市へ。この会社に入り、私は〝チャボ〟になった。ニワトリの品種でも、ＲＣサクセションの仲井戸麗一のことでもなく、「茶坊主」のことである。金狼時代からずいぶんと丸くなったものだ。

ここではハングリー精神など必要ない。保守的、封建的、排他的、閉鎖的……と、言葉にするとネガティブになるが、自己主張の強い尖った人間は嫌われ、排斥される。身内の酒席は体育会系そのもので、部下は常に女中のように侍り、「飲め！」「食え！」と言われれば、暴飲暴食の強要も当たり前。しかし、給与も業務時間も満足いくものであり、安定性があるから皆、黙ってしたがうのである。情実人事がまかり通っているため、権力者に逆らうことは絶対にできない。

ただただ保身に走る日々。あまたのチャボが日々、赤面物のお追従を権力者に並べるのが日常で、それに異議を唱える者もほとんど居なかった。しかし、私にはそれが心地よかった。それまでの会社で私は、ヨダレをダラダラと垂らす、ハングリー精神を剥き出しにした狼だった。

どの会社にも異端であることを受け入れる素地があり、それ自体は「勝ち」に飢えた自分にとってありがたいことだったが、常に牙を研いでいなければならないというプレッシャーやストレスは前述の通り。180度違う企業文化に戸惑ったが、ただ流されているだけで安泰で居られるというのは、精神的にも安定する。

その会社には財務基盤と生活関連事業という強みがあり、まさに昔ながらの安定企業で、今では失われつつある「終身雇用」も続いている。余程のドジを踏まない限り、クビになることもない、一般的なイメージの「公務員」に近い身分である。安定という名の麻薬が、金狼を茶坊主に豹変させたのだった。

震災は「天罰」だったか——物質的なものを失ったあの日

まるで昭和の世界だ。ゴルフでは「イヨ！　部長、ナイスショット！」とお追従。接待の場では自分はほとんど食べ物に手を付けず、ひたすら酒を注ぐ。極めつけに、カラオケではネクタイをねじり鉢巻きにして、大嫌いな演歌を拳を握り、小指を立てて熱唱。上司が「カラスは白い」と言えば「白いですね！」と平気で嘘をつけるようになった。

（これでいいんだ。人生は短い。オレは思う存分、気ままに生きてきた。あとは家族と幸せに暮らせればそれでいい）

チャボとして飼い慣らされながら、いつも自分にそう言い聞かせていた。しかし、それが実際に幸せだったのだ。土日に休んだ上に、平日も17時で帰宅していいなんて、最初は騙されているのではないかと思った。

安定した職場環境を手に入れ、妻との結婚を決意……というより、自然の流れで籍を入れた。明確にプロポーズをしたわけではなく、何となく妻のご両親に挨拶を済ませ、何の障壁もなく、当然のように一緒になったのだった。

17時に終業し、会社から与えられた車で10分も走らせれば、会社名義で借りてもらった家賃タダ同然のマンションに到着し、家族との団欒を享受する。帰宅すれば妻が手料理を作って待っていて、夜は何の不安もなく、8時間以上ぐっすり眠れる。長い間、馬車馬生活を続けた東京を離れ、未知の土地・仙台にて平穏な新婚生活を満喫していた。週末は車で郊外に出掛け、洒落たインテリアを買う。不動産時代に培ったノウハウを駆使して収益物件を購入し、不労所得も得られるようになった。結婚式は豪華なものにしよう、と都内の一流式場をリサーチし、入念に準備も進めていた。

妻の話も少しだけしておこう。妻は出会った当時、まだ22歳。生まれ育った家庭は自分とは対極で、両親の愛に育まれた典型的な箱入り娘だ。純真無垢としか言いようがなく、接すれば接するほど自分が生まれ育った家庭環境とのギャップを感じたが、同時に癒されていった。こんな男と結婚してくれたことに心から感謝している。幸か不幸か、妻は私の過去をあれこれ細かく詮索することはなかった。現在進行形の私にしか興味がないようで、私同様に筋金入りの変わり者であることは間違いない。

ブラックな人生オセロが一斉に白に切り替わっていった時期。時間に追われる馬車馬生活から解放され、ささやかな贅沢を満喫し、愛する妻と豪華な式を挙げる——何もかもが順調だったが、それだけに、かつてヤクザの親分が私に忠告していたことはすっかり忘却の彼方へ消えていた。

「調子のよいときほど用心せねばならんぞ」

そうして迎えたのが、２０１１年3月11日だった。

私は出張で青森におり、あの巨大地震に見まわれた直後、携帯電話は通じず、妻の安否が確認できなかった。インターネットで信じられないニュース映像を目の当たりにし、パニック状態に陥りながら、いち早く妻の元へ駆けつけようと四方八方手を尽くしたが、電車は動かず、道路も閉鎖。ガソリンも買うことができず、車での移動も不可能だった。

万策尽き、様々なことを想像した。妻は散策好きで一人でブラブラ出掛けることが多い。まさか、太平洋近くに出向いて津波にのみ込まれたのではないか。倒壊した建物の下敷きになったのではないか。混乱に乗じ、暴挙の餌食になったのではないか――。

気が気でない状態が続く中、夜になってようやく無事であると確認が取れた。しかしながら、家に居て倒れてきた家具で顔面を強打し、怪我をしているようだった。電話口の妻は珍しく動揺しており、

「こんな大変なときにどうして帰ってこられないの⁉　私のことなんてどうでもいいと思っているんでしょ！」

とまくし立てる。帰りたくても帰れない状況を理屈で説明しても通じないほど、妻は錯乱状態に陥っていた。

それから約1週間、悪夢の日々を強いられた。青森市内のホテルは滞在不可の状態に陥り、なけなしのガソリンを使って五所川原まで退避、そこの安宿で缶詰状態となった。停電し、食料は不足しており、水も止まった。トイレは流せず、風呂にも入れない。電気がつかず本も読

めないし、非常食で飢えを凌ぐ日々だ。寒さを凌ぐためにただただ暗い部屋で布団にくるまり、時間がすぎるのを待つしかなかった。あれほど追い求めてきた「カネ」があっても、買えるものは何もなかった。

映画『ランボー』。スタローン演じる元グリーンベレー、ジョン・ランボーなら、カネや学歴がなくても、知恵を働かせ自然の恵みで飢えを凌ぎ、ナイフ一つで火を起こし暖を取り、サバイバルできただろう。対して、身の回りはモノで溢れ返り、全てはカネで買えてしまい、己が為すべきことでさえ他人にカネを払い依頼していた自分が、いざ文明の利器を失ったとき、どれほど無能かこのときほど痛感したことはない。

妻は仙台の避難所で、何とか日々を乗り越えていた。周囲にいた赤の他人の方々が随分と助けてくれたようで、互助精神が残る日本という国にあらためて感謝した。しばらくして電気は復旧し、テレビは観られるようになった。そこで再び、非常事態の東北の惨状に絶望し、とにかく妻の安全と交通網の復旧を祈った。

妻の無事が確認できたことで、私も少しは落ち着きを取り戻したが、それでもまったく身動きが取れないことには変わりがない。ホテルの自動販売機に缶ビールとつまみが残っていたため、憂さ晴らしに痛飲し、惰眠を貪った。数日間、そんな怠惰な生活が続き、唯一記憶に焼き付いていることといえば、テレビなどで報じられ、物議をかもした当時の石原慎太郎都知事の発言だった。

「我欲に天罰が下った」
「積年溜まった心の垢、我欲を津波で洗い流せ」

ベッドに横たわり、缶ビールをあおりながら聞いたこのコメント。衝撃でベッドから転げ落ちそうになり、酔いは一気に醒めた。今振り返っても、被災者の方々に対してあまりに不謹慎な発言だったと思う。

その一方で、「我欲」というキーワードが自分の胸に突き刺さり、溢れ出す記憶に苦しめられることになった。

これまでの人生、波瀾万丈、疾風怒濤といえば聞こえはいいが、正確には「我欲に捉われた結果のブラック一色、裏街道まっしぐら」だった。確かに今の自分が客観的に考えても、幼少時の家庭環境は劣悪だった。学生時代に非行に走らず、人並みに大学まで卒業できたことは、親戚の支援があってのことだと深く感謝している。

しかしその後、異端の道を歩み続けた社会人生活を振り返れば悔恨、自己嫌悪、恥辱、厭世的な塗炭の苦しみしか残っていない。アル中の父親が亡くなり、精神的自由を手に入れた解放感、積年の積もりに積もったストレスを発散すべく、クスリに恐喝と、蛮行を繰り返した風俗店時代。不動産会社では詐欺まがいの営業行為でライバルを蹴落とし、ヘッドハンティングではあたかも人身売買のごとく、人を扱っていた。皮肉なことに、本当の意味でヘッドハントできたのは妻だけだったかもしれない。そんな私が、でき過ぎた妻と安定した仕事を得て、のうのうと生きている——「我欲の天罰」という言葉は、私に限ってのみ正鵠を射ているように思えた。

それまで気付かないようにしてきたが、自分の根底にあったものはどう取り繕っても「カネ」「保身」「虚栄心」「功名心」だった。

子どもの頃のようにカネに苦労する暮らしは絶対にイヤだ！
父親のように廃人のような惨めな最期はイヤだ！
みっともない姿を人に見られなくない！
手柄を立てて周囲に認められたい！

そんな身勝手な考えとともに、当然の報いだとばかりに、親不孝も甚だしかった。母親には仕送りだけして後は放置。特別なことが起こらない限り会うことはなく、ほとんど会話もしないし、向こうから電話がかかってきても基本的には無視してきた。

さらには虚栄心からの浪費。都会に住み、なくても困らないのに車を買い、身分不相応な高級マンションに居を構え、金銭欲から投資用マンションを購入し、家は派手なインテリアで飾り、身の丈に合わない豪華な結婚式を挙げようとしている——。

そう、天罰が下るというなら、自分のような人間だ。私は青森で、自分の過ち、知らず知らずのうちに傷つけてしまった人たちへの懺悔と葛藤の日々を過ごした。

震災から1週間ほど経過した後、青森から盛岡、盛岡から仙台の臨時バスが運行することが決まった。先着順につき長蛇の列となり、戦後の日本人引き揚げ列車のように大きな荷物を持った人で車内はごった返していた。ようやく仙台に帰り、避難所にいる妻と対面すると、泣きながら胸に飛び込んできた。

命が助かったのは何よりだったが、包帯姿が痛々しかった。人生の風雪に耐えてきた私とは違う。苦労知らずの箱入り娘が非常事態で1週間もの間、避難所生活を余儀なくされた。相当、衰弱しているようで、病院で診察を受けたところ貧血、胃潰瘍、帯状疱疹と診断され、しばらく入院した。妻にとっては人生初の修羅場だっただろう。自分と一緒になっていなければこんな目に遭っていなかったと思うと、やり切れない思いで胸が押し潰されそうになった。

少し落ち着いてから被災した妻と二人、家の状況を確認しに出向き、驚愕した。これが自然の猛威というものか。コンクリート造りのマンションはいたるところにヒビが入り、外壁は剥がれ、マンション内では一部、鉄骨が剥き出しになっている箇所もあった。共用部分の天井も崩れ、水道管は破裂し、水が床に滴り落ちていた。自然の前には、人間が生み出した頑強な城も、ひとたまりもない。妻も命を落とす可能性があったことを実感し、身震いした。

室内に入ろうとしたが、ドアが歪んでしまって開かない。仕方ないので隣人に許可をもらい、バルコニーの仕切り壁をハンマーでブチ破り、窓から自室に入った。そこにはもはや、憧れ、やっと手にした温かな生活空間など存在していなかった。入籍祝いだと大金を投じて購入した家具の大半は無残に壊れ、プラズマテレビの画面はヒビだらけ、食器はほぼ全壊、電子レンジ、洗濯機、冷蔵庫などの家電もすべて使い物にならない。

行政がマンションに調査に来て下した判定は「大規模半壊」(居住する住宅が半壊し、構造耐力上主要な部分の補修を含む大規模な補修を行わなければ、当該住宅に居住することが困難なもの)だった。その惨状を目の当たりにし、茫然と立ち尽くす。妻はショックを隠せず、その場にしゃがみ込みしくしくと泣いていた。

「どうしてこんな目に……よりによって、結婚式の直前に」

「大丈夫。命は助かったんだから、やり直せるって。またゼロから始めればいい。何とかするから心配しなくていいよ」

それが、精一杯強がって振り絞ることができた言葉だった。

「もう仙台には居たくないよ……」

妻はか細い声でそう言った。

私はすぐに、会社に対して転勤の希望を出し、次に悩んだのが1年前に予約を入れていた結婚式のことだった。延期を検討したが、何とこんな事態でもドタキャンする場合は多額の違約金が発生するという。逡巡したが、結婚式は予定通りに挙げることにした。キャンセル料の問題というより、私の母親が病に倒れていたためだ。せめてもの親孝行として、存命のうちに結婚式を見せてあげたかった。

そして無事、東京で式を挙げた。母が父の遺影を片時も離さずにいたのが印象的だった。あれほどいがみ合い、夫婦喧嘩が絶えなかった二人にも、やはり夫婦愛は存在していたのだろうか。披露宴の最中もその問いが頭から離れなかった。

転勤については希望が通り、赴任地は北海道に決まった。都会育ちのわれわれ夫婦は雪国、寒冷地は大の苦手で、できれば避けたかったが、所詮はサラリーマン、異動命令には逆らえない。まるでドラマ『北の国から』で都会暮らしに慣れていた純と蛍がある日、未知の土地・北海道で新たな生活を始めるような感覚だった。

再びゼロから　過去との決別と、札幌でのリスタート

北海道の地を踏み、またもゼロからのやり直しになった。一体、私は何度人生をやり直せばいいのか……と、自分を取り巻く環境、そして何より自分自身に問い掛けもしたが、リセットする度に強くなってきた自覚もある。そして、今は家族もいる。命と引き換えにしてでも家族を守らねばならない決意が自身を支えていた。

こんなときはいつも何度打ちのめされても諦めない、何度でも立ち上がって前に進む映画『ロッキー』のスタローンをいつもイメージしてしまう。

「人生ほど重いパンチはない。大切なのは、どんなに強く打ちのめされても、こらえて前に進むことだ。その先に勝利がある。自分の価値を信じるならば迷わず前に進め」

（映画『ロッキー・ザ・ファイナル』）

そんなセリフを想起するとともに、再びゴングがなるのを感じた。ここで萎縮しては男の沽券にかかわる。新たな決意を胸に、北海道の地へ降り立ったのだった。

仙台から札幌へ移転する際、引っ越しの荷造りの際に実は〝とんでもないモノ〟を家の中で見つけてしまい、これが過去の清算につながった。

（まさか、こんなところに残っていたとは……）

それは風俗時代に店長として面接してきた、100人以上の風俗嬢のプロフィール用紙だった。通常は店で保管するものだが、用心深い私は万が一のために自宅で保管していたのだ。捨てるのも忍びなく、自身の写真アルバムなどと一緒に贈答用菓子の大きな缶の中に収納していたのだ。

A4のプロフィール用紙には、皆がオンナの子らしい丸っこい、キレイとは言えない字で各々の個人情報を書き込んでいる。そして、その場で取ったポラロイド写真が左上にホチキス止めで添えられている。気のせいかもしれないが、ポラの写真はオンナの子がとてもキレイに撮れる気がして、面接の度に自分が撮影する写真の出来映えの美しさにいつも満足していた。まるで卒業アルバムを見ているような気分だった。みんなが笑顔で映っている。

(どう？　私、イケてるでしょ？)

写真の子が自分に語り掛けてくるようだった。

(懐かしいな。この子たち……みんなオレが面接して、オレが〝カネになる素材〟かジャッジして落としたり、採用していたなんて信じられないや)

15歳にもかかわらず、ソックリな姉の高校の卒業アルバムを使って周囲を騙し、働いていたカオリ。妊娠中にもかかわらずタバコを吸いながら働いていたサオリ。客とデキてしまってそのまま結婚したジュン。ＧＡＣＫＴが好きで、彼に倣い下着から靴下、何から何までクリーニングに出していた全身整形のアヤ。お茶を挽きっぱなしで最後は待機部屋で泣き出してしまい、こっそり友人に頼んで遊んでもらっていたラン。面接のときに刺青・ピアスの有無を問い質したところ、突然全裸になったヒトミ。

目をつむると、懐かしさと同時に切なさもこみ上げてきた。
一部の健気な子を除き、ほとんどの子はハタチ前後でオトコにカラダを売り、束の間の栄華を味わいながら刹那的に生きていた。彼女たち一人ひとりに、当然だが親がいる。もし自分の娘がこうして風俗店の面接を受け、ワケの分からない男に品定めされていたらどう思うだろう。かつての無垢で純心な娘はなぜ、こんなところで働かねばならなかったのか。結婚して心境が変わったのか、私は写真の中の子たちを自分の娘のように眺めていた。

（みんな、カネが欲しかったんだな）

「私を癒してくれるのはコレだけなの！」と言って、渡したギャラの札束にキスをしたキョーコを思い出す。不意に希望日給の欄が目に入った。〝日給5万～10万希望〟〝保証5万希望〟〝10万以上〟。みんな好き勝手、自分が欲しい金額を遠慮なく書いている。儲かる業界であることだけは再認識したが、もし自分に娘ができたら、カネに苦労しない人生を送らせてやることが風俗行きを阻止する第一の方法だと言い聞かせていた。

（あ！）

一気に脈拍が早くなり、心臓の高鳴りを確かに感じた。死ぬほど惚れたユーキのプロフィール用紙を見つけてしまったのだ。微笑を浮かべるユーキのポラを見て昔の記憶が一瞬にして蘇り、顔がほてってきた。

(やっぱり、今、見てもカワイイな。殺人的キュートな笑顔)

「どお？　そっちの調子は」

「え!?　あ、ああ。順調だよ」

隣の部屋で作業している妻に気付かれないよう、ドキドキしながら、ユーキとの束の間の邂逅を楽しんでしまった。

【特技：料理、空手】

(そうそう！　ユーキちゃんは空手黒帯だったんだ！　姿勢よかったもんな)

【志望動機：キャバクラに疲れた】

(キャバの営業がシンドイって言ってたもんな)

【将来の夢：専業主婦】

（あの後、結婚してどうしたのかな……）

免許証のコピーが添えられておりそこには住所も記載されていた。思わずそこまで行って現況を確認したいストーカー感覚まで湧き起こってしまい、自分の執着心に恐ろしくなった。

（いろんなオンナの子が目の前を通り過ぎていったな。ココにいるオンナの子たちの大勢からオレはいろんなことを学んだ。ってことは、オレもこの子たちに悪いことも含めて何らかの影響を与えてしまっているのだな。オレのこと恨んでる子もいるだろう）

いくら探してもミキのプロフィールだけは見つからず、禁断の資料は過去との決別を図るため、すべて会社のシュレッダーで早朝に処分した。

そして舞台は札幌へ。移住前のイメージは「北海道で一番栄えている、仙台と似たような地方都市」その程度のものだった。しかし、実際に住み始めてそのイメージはあっという間に覆された。仙台を遥かに凌駕する大都会。２００万近くの人口を擁し、中心地は高層ビルが立ち並び、繁華街は銀座のごとく、ネオンが眩しく人間の欲望がそこら中に充満している。

何て活気に満ち溢れた街なのだろう。見るものすべてが新鮮で驚きの連続だった。元来、開拓地ということもありヨソ者意識が希薄であり、「来る者拒まず、去る者追わず」と言わんばかりに、誰もが温かく受け容れてくれた。

仙台時代の暗い気持ちは徐々に紛れ、次第に北海道の魅力に憑りつかれていく二人。明確な四季の移ろいと豊かな自然の恵みを感じさせながら、都市機能に優れ、生活の利便性は極めて高い。野菜、魚、肉、果樹。どれも新鮮で食べ物の美味しさは東京と比較にならない。

関東大震災から90年以上が経過し、首都圏はいつ巨大地震が来てもおかしくない、待ったなしの状況になっている。その一方で札幌は地震、台風など災害リスクが極端に低いという。われわれのように東日本大震災後の避難移住先に選ぶ人も多く、そういう人は札幌だけで１５００人も存在している。また、東京に本社がある企業がリスク分散のために本社機能を一部、札幌へ移転するケースが相次いでいるようだ。

心機一転し、さらに明るい話題が飛び込んできた。妻の妊娠が発覚したのだ。もともと早い段階で子どもを望んだが、震災からしばらくはとても子どもを作る心境になれずにいた。「妊娠した」と聞かされても、周囲に不妊症や流産を経験した知人も多く、「無事に生まれてくるまで信用できない」というのが本音だったが、この吉報で家族に笑顔が戻ったのは事実。震災で一度どん底まで突き落とされた人生に、また一筋の光明が差し込み始めた。

もう驕ることはしない。身の程をわきまえる。札幌でそう誓った。

母の遺言

さて、晩節の母親の話。結婚式の時点ですでに母親の体調はすぐれず、医師からは余命を宣告されていた。

実の子どもに対して「お前は好きで生まれた子どもじゃない」と幾度となく突き付け、俗悪な言葉を平然と口走ってきた母。親戚からもらったお年玉を私名義で貯金しておくと言っておきながら陰ですべて使い込み、父の財布からカネを抜き取っていながら私を犯人に仕立て上げ、父親から厳しい追及を受けて泣いている私を見て見ぬふりした母。週に3回も美容室に通い、支払いはツケ。そこで働くスタッフ全員を勤務先の生命保険へ強引に加入させ、預かった保険料を着服してしばらく高飛び。ツケの支払いは中学生だった私が一人で頭を下げに出向いた。

「千三つ屋」

不動産会社に勤めているときに初めて知った言葉で、「千のうち、三つしか本当のことを言わないホラ吹き。不動産屋は1000ある物件のうち、3つしか取引に至らない」という意味だ。侮蔑の意味も含まれた言葉だが、母親は明らかにこの「千三つ屋」だった。保険の仕事も千三つでやっていたと疑わざるを得ない。特に追い込まれた際の口実はほとんどがウソで、どれだけの人間が騙され、翻弄されてきたか分からない。そして、最大の被害者は間違いなく私だった。

エピソードを挙げればキリがなく、独善的で私利私欲の塊、軽蔑の対象でしかなかった。そうはいっても血縁だけは断ち切ることができない。ましてや（戸籍上は）一人っ子なので、最終的には母親の面倒から逃れることができず、飛行機代が馬鹿にならなかったが頻繁に北海道から上京して見舞いに訪れた。

幸いなことに、日常的にはリタイアして時間に余裕のある叔父が面倒を見てくれており、金銭的な負担だけで済んでいた。前述の伯父とともに、この叔父にも子どもの頃から世話になりっぱなしで本当に感謝してもし尽くせない。私がグレずに済んだのは、どうしようもない両親が居る一方で、父方、母方双方に素晴らしい人格者の親戚が居たためだ。

ある日、病院で叔父さんが言った。

「最近はね、姉さんも自分がやってきたことすごく後悔して、反省してるんだよ。もう最期を覚悟してようやく素直になれたみたい」

その言葉を聞いて、私はまず、気遣いの達人である叔父のリップサービスではないかと邪推した。

（ありえない。あの人が自分の非を認めて、反省するなんて……）

何せ保険屋時代、顧客から預かったカネを横領して逃亡したときでさえ、まさに盗人猛々しく、一言も謝罪しなかったのだから。反省、謝罪という言葉は母親の辞書には存在しないと決め付けていた。

それから数カ月後。殺しても死なないのではないかと思うほど強烈なバイタリティの持ち主であった母親は、闘病生活の末に亡くなった。そして翌月には、生まれ変わりのように娘が誕生した。

母が死んだときのまず率直な気持ちは、父のときと同様「ホッとした」だった。それは親戚も同じで、口には出さないものの、もうこれでカネの無心にも、癇癪にも、周囲を苦しめるあらゆる言動から解放されたという安堵を感じているようだった。

両親共々、死んで周囲から「ホッとした」などと言われることが心底、情けなかった。晩節まで汚れたまま、自分の親は何て虚しい人たちなのだろうか。

母の死後、病院での残務処理が一段落した頃、叔父の一言から、衝撃的な事実が発覚した。

「姉さんはね、最後は筆を持つこともできないほど衰弱していたのだけど、北海道に居て会えない君にどうしても遺言を残したいと言って、これに吹き込んで私に託したんだ」

叔父の手元には、ＩＣレコーダーがあった。母が遺言を残すなど想像もしていなかった私は、驚き、戸惑った。


「聞いてやってくれないか？」

「ここで、ですか？」

「イヤかい？」


私は恐ろしかった。母が一体、どんな恨み事を吹き込んだというのか。カネだけ送って３年に一度くらいしか会わなかった息子に、何を言うというのだ――。その場には妻もいた。自分と母親がどれほど険悪であったか、純粋無垢な妻には汚い世界を知ってほしくない。

(叔父さん、止めてください！)

一瞬にして、過去に母に対して行ってきた「腹いせ」という名の冷遇の数々の記憶が蘇った。特に周囲に知られたくなかったのが、カネを振込む際に振込人の名前を入力せず、恨み言をいつも打ち込んでいたことだ。母は定期的な仕送りだけでは満足せず、随時、カネの無心の電話をかけてきた。断れば何をされるか分からず、ケツをまくって職場に怒鳴り込みに来るかもしれない。もっと言えば、家に火をつけられるかもしれない、同棲相手の彼女にまで累が及ぶかもしれないと、本気で思っていた。前述の通り、そんな恐怖から要求をのまなかったことは一度もなかったのだ。

振込みの名義はどんなものだったか。内容ははっきり覚えていないが「この世から居なくなってほしい」という主旨の暴言だったと思う。母はカネさえ手に入ればそんな息子の行為など戯れ事と意に介さない、それほどの図太さを持っていると高を括っていた。実際、息子のその蛮行に、母は何ら反応を示さなかった。

（まさかそのことを今さら、暴露するつもりか。あの人ならやりかねない……）

何のことはない、私は周囲に露見さえしなければ、このような卑劣なことを平気でやってきたのだ。後悔とともにカラダの震えが止らない。まな板の鯉状態の私に構うことなく、残酷にも叔父は再生ボタンを押した。そこには、かつての耳をつんざくような大きな金切り声がウソのように、蚊の鳴くような弱々しい声が収録されていた。

「さぞ恨んでいることでしょうね。こんな母親を……あなたには本当に苦労ばかりかけてきました。何も遺してやることができないダメな母親を許してください……。信じてもらえないかもしれないけど、死んだお父さんもお母さんもあなたのことは本当に愛していました。これまでのこと、本当に反省してます……ごめんなさい。○○さんと幸せになってください……。最後にたった一人の家族、たった一人しかいない子どもの結婚式を見ることができて幸せでした。さようなら……」

たったそれだけだった。生涯、母が自分の口から非を認めて謝罪するのは、これが最初で最後だった。私は声が出なかった。叔父さんは続ける。

「君が実の親にどれだけ苦しめられてきたか皆知ってるし、恨みたくなる気持ちも分かる。でも、最期に姉さんは改心して後悔したんだ。私も一緒に謝る。どうか、姉さんを許してやってくれ。震災のときも君の安否を心配して、取り乱して大変だったんだ。病室に居ながら『仙台に助けに行く!』って言い出して聞かなくて。あのときは、久々に癇癪を起した姉さんの姿を見たよ……もう衰弱していたっていうのにね。自分の腹を痛めて産んだ我が子を愛していない母親なんていないんだよ」

母は保険外交員時代、小学生の私に何度も保険契約書にサインさせた。身内すら加入させねば厳しいノルマを達成できない保険業界など子どもに理解できる由もなく、当時は息子の命さえカネに換えようとする悪魔に魂を売った犬畜生と決め付けていた。そのトラウマからか、震災の際も母はいっそのこと、私が死ねばいいと思っているのではないか、と本気で思い込んだ。鬼畜は法定相続人として入るカネも切望するだろう、と。

叔父の話によれば、実は母が保険営業の仕事を始めた理由は生前、父が起こした交通事故の賠償金に苦しみ、実績次第で高給が望めるからで、着服されたと思っていたお年玉など親戚からの小遣いの積立てもそれに充てていたという。もしかしたら、そういったストレスが癇癪の一因だったかもしれない。

私は思い込みが極めて激しい人間だ。父の晩節、アル中に拍車が掛かりいよいよ頭がおかしくなり廃人に近かった頃、私が不在のときに母が家の2階から父に突き落とされて骨折をするという事件が起こった。そのとき、私は「母が父を警察に突き出し、刑務所に入れるために自作自演をしたに違いない」と決めつけた。

父の最期は私が不在時に家で寝たまま、静かに息を引き取ったと母から聞かされたがあまりに唐突で私は虚を突かれた。検死の結果は「肝硬変」。いつも飲み過ぎて苦しみ出し救急車を呼んでいた父のことだから、最期は病院でもがき苦しみながら死ぬのだろうと覚悟していたがあまりにあっけなく、死に顔は本当にキレイで美しいとさえ思えるほどだった。私はまだ、母が何らかの方法で殺害したのではないかと疑っていた。母ほど肝が据わり、狡猾な人はいない。母なら病死に見せかけることくらいできるだろう、と。

長年にわたる積もり積もった家庭内の不和が私の心を歪め、真実を見えなくするどころか誤解を招き、最後の最後まで、肉親と分かり合うことができなかった。一瞬にしてそれまでの人生が走馬灯のように蘇り、錯乱状態に陥った。

「ああああ‼」

私は思わずベッドを力任せに蹴飛ばしてしまい、ナースがすっ飛んできた。中学生以来、枯れたと思っていた涙を流して嗚咽した。妻も涙を流しながら、私に語り掛ける。

「もういい加減、過去のことは忘れましょうよ。お義母さんだって辛かったのよ。あなたが知らない、色んなことできっと苦しんでいた……」

水を飲み、自分自身を落ち着かせると、脚の激痛に気付いた。

「これを見なさい」

叔父が差し出してきたのは、特注品と思われる豪華な装丁の写真アルバムで、そこには私の幼児期の写真が収録されていた。

「君が物心つく前までは、お父さんとお母さんの仲はとても円満でね。姉さんは、こんなアルバムを親父（祖父）に送っていたんだ。見てごらん。君の成長アルバムだよ」

まるで結婚式の記念アルバムのように、私の名前が刻印された豪華で重厚なアルバムには時系列で私がすくすくと成長していく様子が収められている。それも、母の直筆で綴られたメッセージとともに。

「一日中、見ていても飽きない。この子が居ない人生は考えられない」

「歌番組でアイドルを見れば反応して、歌って踊り出すとても可愛らしい様子に癒されます」

(好きで生まれたわけじゃないって、言ってたじゃないか……)

裏表紙の厚紙には、毛筆書きで万葉集の山上憶良の和歌が記されていた。

「銀（しろがね）も金（くがね）も玉も　なにせむに　優（まさ）れる宝　子にしかめやも」

(金銀財宝は子宝には及ばない、子宝が一番の宝)

「あの夫婦は一体何がきっかけで、いつからあのようになってしまったのか……正直、私もよく分からない。もう二人とも亡くなってしまったから、永遠に謎だ。だけどね、これを見れば分かるだろう？　君は確実に愛されていたんだよ。君ももう人の親なのだから精神的に一歩、成長しなくちゃだめだ」

「叔父様の言う通りよ……」

「生まれ育ちを考えれば、君が常に周囲を警戒して、攻撃的になってしまうのは理解できる。そうでもしなきゃ、きっとここまでしぶとく、たくましく生きてこれなかっただろうからね。君の精神的な強さは皆、認めてるよ。立派だと思ってる。だけど、もう終わったんだ。忌まわしい過去は、姉さんがあの世に持ち去ってくれた。だからもう許してあげたらどうだい？　それともそのまま一生、引きずって生きていくつもりかな。それで家族が幸せになれると思うかい？」

私は一言も発することができない。判決文を読み上げる裁判長の話を聞く被告のような心境だった。

「それとね、君は亡くなったお父さんのことも、少し誤解をしている。私は母方の親族だからあまり父方のことに口を出すべきでないと思っていたから、これまで自粛していたけどね。お父さんの葬儀のときに、タカハシさんという人が来ていたのを覚えているかい？」

タカハシさんは、父の幼馴染の親友だった。会社社長で資産家、毎年、年賀状が届いていたし、父から人となりは聞かされていたため、名前はしっかり記憶していた。

「お父さんの三回忌のときにね、会食の席でタカハシさんと偶然、じっくり話をしたのだけどちょっと驚いてね。お父さんには間違いなく君が知らない一面がある。君も相応の歳になり、父親にもなったのだから、もう少し広い心を持った方がいい。連絡先教えてあげるから一度、会いに行ってごらん。きっと得るものがあると思うよ」

死後に初めて明らかとなった父と母の人生

妻にも勧められ、後日、父の親友のタカハシさんに会うため、北海道から上京した。タカハシさんの亡き父上は、東北の片田舎で細々と土建業を営んでいたという。地元の橋の建設などで順調に事業を拡大させ、高度成長期に東京へ進出。田舎の一介の土建屋からマンションディベロッパー事業へ転身を遂げた立志伝中の人物だ。一家が東京に出るまでの間、タカハシさんと亡き父は地元の親友だったのだ。

１９７０年代以降、人口上昇と不動産事業の拡大の波に乗り、その会社は東京のマンションディベロッパーの中堅的存在として急成長を遂げた。タカハシさんは先代から社長の座を譲り受け、急拡大の反動からバブル期には相応の痛手も負ったそうだが、幾多の危機を乗り越え会社を守ってきた。現在は相談役に退き、私と同世代のご子息に社長の座を譲り、都内に多数の管理物件を保有する賃貸管理会社として堅実な経営を維持している。

驚いたことに、私がかつて勤務していた上場不動産企業が買収した会社の中に、タカハシさんが経営していた会社の一つが含まれていた。私が勤めていた会社が急拡大のため手段を選ばず、高値で次々に競合他社を買収していた頃の話だ。

『まったく、とんでもない会社に買収されてエラい目に遭っている！』と、当時は買収先に移籍した元社員に散々、恨み事を言われたものだよ。それが、まさか君が勤めていた会社とはね！　まあ、そちらが高い金額で買ってくれて、お陰でウチは今でも管理だけで十分、やっていけるからこちらも助かったわけだ！　ハハハ！」

実際にお話をしてみると、海千山千の業界で荒波を乗り越えてきた人とは思えないほど、ソフトで朗らかで優しい人柄だった。

「まさか、正夫くんの息子が訪ねてくる日が訪れるとは夢にも思わなかったよ！　面影があるね」

「父の葬儀や三回忌にはお越しいただきまして、その節は本当にありがとうございました」

「うむ。正夫くんとは田舎で大の仲よしでいつも一緒だった。早過ぎる死がまったく悔やまれるよ。本当にいい男だったなぁ……。君は今、何をしてるのかね？」

「もう不動産の仕事は辞めて、○○という会社に勤務してます」

「いいところに勤めているじゃないか。学校はどこ出たの？」

「早稲田です」

「そうか。正夫くんは学業も優秀だったが、それが遺伝したようだね」

「いえ、マグレです。早稲田だけで6学部も受験して一つしか受かりませんで……」
「何を言うんだ！　運も実力のうち、立派なもんだ。オレは高卒だが、やっぱり早稲田は憧れたものだよ」

雰囲気もほぐれてきたところで、本題を切り出す。

「実は今日、ご訪問させていただいたのは、自分の父親がどういう生い立ちで、母と結婚するまでどういう人生を歩んできたかをお聞きしたかったのです。実は僕、よく知らなくて。お察しがつくかと思いますが、父は酒グセが悪くて放蕩三昧でした。酒に狂い、酒で死にました。そんな父のことは生前、軽蔑していましたし、お互い深く話し合うことがなかったのです。先日、母も亡くなりまして、その翌月には娘が誕生し、僕の人生も新たな局面を迎えました。自分の気持ちの整理をつけるという意味で、父のことも深く知りたくなったのです。そこでぜひ、親友であったタカハシさんから昔の父のことを聞きたいと思って北海道からやってきました」
「そのためだけに、わざわざ北海道からきたわけ？」
「そうです」

沈黙の後、タカハシさんは言葉を慎重に選ぶように切り出した。

「……そうか。なかなか殊勝な心意気じゃないか。何十年も前のことだから記憶がやや断片的ではあるが、思い出す限り、お話しするよ」

私に話しづらいとんでもない真実が隠されていて断られることも想定していたが、了解を取れたことにひどく感激し、矢継ぎ早に聞きたいことを質問し始めた。おそらく少年のように目を爛々と輝かせていたと想像する。

「ありがとうございます！　さっそくですが、先ほど父が学業優秀だったとおっしゃいましたが、それは本当ですか？」

「ああ、そりゃそうだとも。中学校のときなど学年トップクラスで、生徒会長も務めていたよ。英語に随分と興味を持って熱心に勉強していた記憶があるな」

「父が生徒会長を⁉」

「ああ、そうだとも。なるべくしてなったようなヤツだった。別にリップサービスはしていないぞ」

嘘を言っているようには思えない。では一体、どこから道を踏み外したのだろうか……。

「親戚からはどちらかといえばワル、いやかなりのワルだったと聞いていますが」
「うん……確かに高校に入ってから、急にやんちゃになったな。中学まであんなに真面目だったのにどうして急に？　と、同級生も不思議がっていたよ。確か、高校入ってすぐに上級生の集団から呼び出しを受けて、それを一人で返り討ちにしちゃったんだな。それがきっかけで、1年生のときから取り巻きを連れて番長として鳴らしていたよ。あの当時で身長が180以上あって、さらに美男子だろ？　とにかく目立つからターゲットにされやすかったんだろうな。喧嘩三昧の日々で、それで人格まで変わっていったのかもしれない。女生徒にもとてもモテて、オレは嫉妬したなぁ……そうだ、ちょっと待っていて」

そう言ってタカハシさんは、昔の写真を探しに倉庫に向かった。私は徐々に明らかになっていく亡き父の姿に少し嫉妬していた。勉強ができ、ケンカが強く、オンナにモテる――私の同年代とは、まったく逆の三拍子揃った青春時代を謳歌していたようだ。

「ほら、これが10代の頃の正夫くんだ。見たことあるかい？」
「いえ、初めてです」

いかにも昭和の田舎臭い坊主頭ばかりのイモ学生の中で、洒脱な髪型でひときわ輝いて見える紅顔の美少年が父だった。もし合コンでこんなヤツが一緒になったら、その日はあきらめムードだろう。

「やっぱり、今見てもいい男だよなぁ。あ、でもね。彼は確かに喧嘩三昧だったかもしれないが、自分から喧嘩売ったり、弱い者イジメは絶対にしなかったぞ。むしろ、仲間がやられたら自分が率先してやり返しに行くような男気があった。鑑別に行ったのも、元はといえば仲間を助けるためだったのだからね。すまん、つい口が滑ってしまった」

「いえ、鑑別のことなら、〝オツトメ〟に行っていたと聞いていますから」

数枚の写真の中には父とタカハシさんの2ショットもあり、小柄で真面目そうなタカハシさんと長身でラフな雰囲気の父とのコントラストは、まるで昭和天皇とマッカーサーの有名な写真のように見えた。

「とにかく友だちは多かったな。男も女も、彼に憧れるヤツは多かったよ。カリスマってやつだ。だから葬式のときも、田舎の小中の同級生があれだけ集まったんじゃないか？　オレが今、死んだってとてもじゃないがあんな人数、集まらんよ」

私も10代の頃だったので意識はしなかったが、確かに父の葬儀のときに田舎の同級生が大勢集まっていたのは強く印象に残っている。

「大人になってからはどうでしたか？」

「うん。同窓会で何年かに一度集まることがあった。もう遠慮なく言ってしまうが、彼は見栄っぱりなところがあったね。いつも派手なスーツを着て豪気な話を披露して、羽振りのいい素振りは見せていたよ。オレには彼が少し虚勢を張ってるように見えたな」

「いや、間違ってないと思います。父には確かにそういうところがありました」

「そういえば、あれはバブルの頃だったかな？　新宿のゴールデン街で一緒に飲んだんだ。そうそう、そのときは君のことを話していたぞ。『オレにとって肝臓息子』だって。肝臓息子なんて、他では聞いたこともないが……」

確かに聞いたこともない表現だが、私にはすぐ察しがついた。大酒飲みの父は、健康診断に行けば肝臓絡みの数値が異常値で、いつも肝臓のことを気にしていた父。自分にとって何より大切なのが肝臓で、息子は肝臓と同じくらい大切、という意味なのだろう。酒さえ飲まなければ父は人に優しい人柄であることは、私も理解していた。ところが、素面のときが滅多にないのだ。車に乗るときも飲酒運転が当たり前。酒を飲まねば仕事もままならず、どれだけ根が優しい男であっても、これでは元も子もない。

彼をそこまで酒に走らせた本当の原因は一体、何だったのだろう？　辛いことがあれば酒でしか解消できない弱い人間だったにしても、とにかく量と頻度が尋常でなく、まさに筋金入りのアル中だった。純真無垢な10代の少年は、そんな父へ同情も憐憫も感じることはできず「ダメな父親」のレッテルを貼り、ひたすら軽蔑するのみだった。

父の背中を見て育ったため元々は酒を嫌い、20代の頃はそれほど飲まなかったが、気が付けば自分も父と同じように憂さ晴らしに痛飲してしまっているし、父が好んで飲んでいた銘柄を嗜好してしまったりする。大人になれば、一筋縄ではいかない組織の中でのしがらみにも対峙しなければならない。複雑怪奇なビジネスを進めるに当たって理不尽は当たり前、プライドを捨てなくては切り抜けられない局面も訪れる。その苦しさは歳を重ねるごとにきつくなり、酒に逃げたくなる気持ちは、今となれば少しは同情できる。勝手な想像だが、父も向いていないサラリーマン人生を甘受して、やるせない思いにいつも肝を砕き、酒に逃げていたのかもしれない。

「母についていては、何か言っていましたか？」

「うん……」

タカハシさんは途端に視線を反らし、話しづらそうな表情を見せた。

「いいんです。何を言われようが私は平気です。とにかく少しでも真実に近づきたい。思い出す限り、全部教えてください！」

「そうか……。奥さんとは、うまくいってなかったみたいだな。癇癪が酷いと言って、彼も精神的に参っている様子だった」

「その通りです。母のヒステリックには私も父も散々、苦しめられました」

「いや、いつか奥さんのこと話すとき、彼は泣いたんだよ。しかも嗚咽して……」

驚いた。私は父の涙を一度も見たことがなく、嗚咽している姿など想像がつかない。

「泣いた？　何に対して涙を流したのですか？」

「それが分からなくてね。私もびっくりして涙の訳を問い質すこともできなかったんだよ」

一体、父は何に涙したのだろうか。真意は分からないが、母との関係がその激情の根源であったことは間違いないだろう。この歳にして分かること——奇跡としか言い様がない縁によって生まれる人間関係こそ、人生を彩り豊かにしてくれるものだが、傷つけたくないのに傷つけてしまったり、軋轢を生みたいわけではないのに衝突してしまったり、自分が伝えたい意図とは180度違う解釈をされ、誤解が生じたり……と、近しい人との関係もままならないものだ。

「だからそうじゃない！　違うんだって‼」

人生において何度、そう弁明を繰り返したことだろう。必死に理解を求めても、あえなく分かり合えないことが何度あっただろう。初めから離婚しようと思って結婚する夫婦はいない。好いて結婚し、生涯を共にすると誓ったはずが、望まずしてどうしても埋められぬ溝を作ってしまう男と女のミステリアスな関係……。かつて田中角栄が側近たちから愛人との関係を断ち切るよう進言された際、彼はこう答えたという。

「側近の君たちにも分からない事情がいろいろあるんだ。まあ、君たちの父親がとんでもない荷物を背負い込んだと思って諦めてくれ」

何とも含蓄のある発言だ。こと男女関係においては、どうしても第三者には理解できない機微というものが存在する。かく言う私も妻に対して、かつての男女間の過ちについて事の顛末をどれだけ詳細に言葉で説明しても、100%の理解が得られる自信はない。自分の中ではきっちり落とし前をつけてきたことでも、どうしても第三者に理解してもらえないと分かっている。だから胸の内に留めておく。生きていれば、誰にもこうした経験の一つや二つはあるものだ。

タカハシさんは続けた。

「彼にはサラリーマンなんて土台、無理だったんだ。オレなんかよりよっぽど経営者向きだった。今にして考えてみても、彼が型にハメられて人の下で働くなんて想像できない。若い頃は役者を目指して挫折したと言うが、彼は身体能力も極めて高かったし、そのまま役者になれていたらそれこそ舘ひろし、岩城滉一クラスになっていたかもな。舘ひろしや岩城滉一にサラリーマンは無理だろう（笑）」

思わず、「松田優作クラスにはなれませんでしたかね？」とくだらない突っ込みを入れそうになったが、こらえた。

「自業自得と言われればそれまでだが、彼のような型破りな男がサラリーマンをやって、相当ストレスが溜まったんじゃないか。男はやっぱり好きなことを仕事にしなきゃダメだよ。君は今、仕事を楽しんでるのか？」

「はい」

私は嘘をついた。本当は抜け殻のチャボ——単に保身と安定のためだけに埋没しているのが実情だった。父のことを楽しそうに語るタカハシさんを失望させたくなかったのだ。

「それは何よりだ。今はいい時代だと思うぞ！　学歴も昔ほど重視されないし、能力ある人間はどんどん起業できる社会的素地がある。昔はそう簡単にはいかなかったからな。オレの場合はたまたま親の家業継いで親父が死んで自由に事業ができているけど、運がよかったにすぎない。それこそ君が勤めていた会社が高値で子会社を買ってくれたから救われたんだ。その一方で、君のお父さんは運に恵まれなかったんだと思う。だから父親を蔑んではいけないぞ。今の君があるのは、どう取り繕っても両親のお陰だ。どんな過去があろうと絶対に恨んじゃいけない」

「はい」

「すまないね。少し憶測で話してしまった。せっかく来てくれた君を喜ばせるような話ができなかったと思う。あんなこともこんなこともあったなと、思いつくままにしゃべってしまったよ。面影のある君と話していると、何だか正夫くんと再会したような気分でとても嬉しかった」

「いえ、父が友だち思いで、今でも父のことを楽しく思い出してもらえる人がいるなんて、僕は嬉しいです」

「そうだ。人と人とのつながりはね、カネでは買えん。彼は今でもわれわれの輪の中心にいるスターだし、仲間思いのいいヤツでしかない。その魂は永遠に僕らの心の中には生きているし、君がその魂を受け継いで、これから強く生きていかねばならんのだぞ」

「はい。肝に銘じます。今日は本当にありがとうございました」

〝人と人とのつながりはカネでは買えない〟

この言葉は今でも強烈に印象に残り、座右の銘に近いものになった。一体、これまでどれだけ人と人とのつながりに助けられたことだろう。

面会を終え、父の涙の訳も、母との関係も真相は解明できなかった。しかし、謎は永遠に謎のままで構わない。ただの「アル中の暴力男」というレッテルは少し剥がれた――それだけでいい。

叶わぬ夢であるが今、自分と同じ年代の頃の父と酒を酌み交わすことができれば、と想像する。おそらくお互い不器用に生きる男として心の襞を感じるだろう。理不尽さを黙ってのみ込まなければならない屈辱、超えられない先天的な階級の壁に絶望し、生きることすら放棄したくなる厭世観、きっと分かり合えずはずだ。

後日、叔父さんにタカハシさんと話した内容をできるだけ忠実に報告した。

「叔父さんのおっしゃっていた意味がよく分かりました」

「そうか。その言葉が聞けて、私も嬉しい」

私の中ではもう一つ、決着をつけたいことがあった。

「父の若かりし日の姿は、これでよく分かりました。でも、母は……母は一体、どんな人生を歩んできたのか、何がどう歯車が狂ってあのようになってしまったのか、分かりません。タカハシさんに聞いたように、実の弟である叔父さんから聞いてみたいんです。教えてください！」

このままでは両輪が回っていない気がした。父だけでなく母のこともしっかり知っておかなければ本当の意味での決着、踏ん切りがつかない。

「その言葉が出てくるなんて、君も変わったね。親は二人いる。父親だけでなく、お母さんのこともよく知っておかないとね」

知られざる、母の若かりし頃の姿が明かされていく。

「姉さんはね、中学までは、それはそれは優等生だった。高校は◯◯高校出身だって知っているよね？」

公立高校として、その学区トップクラスの学校だった。東大にも何人も合格者を出している屈指の進学校だ。家は裕福でなく、また時代も時代であったため大学進学は諦め、泣く泣く高卒で就職したことは知っていた。

「姉さんは中学で学業も優秀だったけど、部活でソフトボールをやっていて投手として輝かしい実績を残したんだ。高校には学力で入ったのだと思っていたが、もしかしたらソフトボールが絡んでいたかもしれない。高校に入ってからもソフトボールで剛腕投手として鳴らして、国体に出たんだ。天皇陛下が観覧に来る『天覧試合』って分かるかな？　その大切な試合に投手として出場したんだよ」

意外な話だった。あの母親がスポーツに情熱を燃やして国体に出場するなど、想像もできない。

「何か絵に描いたような優等生に思えるのですが、どこからあの癇癪持ちの人格が形成されたのでしょうか……？」

「そこはね、私も兄貴も本当に真相はよく分からない。ただ気性が荒くなったのは間違いなく高校からだよ。想像の範囲だが、悪い友人に感化されたんじゃないかな。進学校とはいえ、あの時代、不良学生はどの学校にもいたと思う」

（何だ、結局似たもの同士が結婚したのか。中学までは優等生。高校に入ったら周りの影響で不良になったって、まったく一緒じゃないか……）

「社会人になってからの素行はどうでした？」

「職を転々と変えていたようだね。ちょっと見せたいものがあるから、待っていて」

叔父さんが見せてくれたのは、社会保険庁が発行した母の年金保険料支払記録。母の死後、残務整理は北海道に居る私を慮って、叔父がそのほとんどを片付けてくれた。役所での手続きや葬儀の段取り、そして年金記録も受領していた。

少し恐ろしいことでもあるが、履歴書など書かなくても、普通の民間企業に勤めて年金保険料を納めていれば、何十年間もの歴史が何もかも赤裸々に記録に残り、自動的に活字化されてしまう。そこには、職を転々とする母の歴史が刻まれていた。

「昔の人で、しかも結婚して一度は専業主婦になっている割には、転職回数が凄く多いですね……。初めて知りました」

「私も詳しくは知らなかったが、実は意外な会社にも勤めていたんだね」

「○○貿易」「□□商事」「△△振興社」と、昭和を感じさせるレトロなネーミングの会社が目立った。何があってこれだけ職場を変えてきたのか。やはりあの気性の荒さから、人間関係で軋轢を生じてしまっていたのだろうか。それも、今となっては分からない。

「で、父と母はどういういきさつで結婚を?」

「うん。ある日突然、姉さんは正夫さんを親父と私や兄貴の前に連れてきて紹介したんだ。『この人と結婚することに決めたから！』って。一方的、唐突でビックリしたね。出会いのきっかけは『友だちの紹介』と言っていた記憶がある」

男女の出会いのきっかけで「友だちの紹介」というのは、幾度となく聞いてきたが、眉唾だ。私はどうもピンとこない。いつだったか、父方の親戚がこっそり教えてくれたことを思い出す。つまり、父と母が結婚しようとしたとき、父方の伯父が母に結婚を思い留まるよう説得を試みたというのだ。

「ウチの弟は酒癖が悪くて、一度結婚に失敗している。酒を飲むと気性が荒くなって苦労を掛けることになる。悪いことは言わないから結婚は考え直した方がいい」

そんな進言も母は何ら意に介さず、結婚に踏み切ったという。酒癖の悪いバツイチと事前に聞かされて、躊躇しなかったのか。そして、気性の荒い者同士がくっつき、恐るべき化学反応を起こし私が生まれ、多くの人間を苦しめる始末となった。

「なぜあんなに合わない二人が結婚したのでしょう？」

「なぜだろうね。男と女のことはよく分からないものだよ。私の想像の範囲だが、姉さんは面食いなところがあったからな。正夫さんはあの通りのハンサムだろ？　姉さんの一目惚れだったんじゃないかな？」

なるほど、鋭い。母親はとにかく面食いで年甲斐もなく、ジャニーズタレントなどをテレビで観れば目を爛々と輝かせていた。父親の容姿は確かに恵まれていた。スタイル、目つき、ファッションセンス、身長など、そのどれを取っても日本人離れした、俗に言うイケメンだったのだ。

だから、なぜここまで自分が父親と似ていないのかと、子どもの頃から本当に不思議だった。容姿は明らかに母親似であるため、父親は別なのではないかと疑った時期もある。しかし、今となっては父の思いに同情でき、酒の嗜好が似ている自分は、確実に父の血のつながった子どもであると確信している。

母は昔の人にしては晩婚だった。結婚相手を模索している中、偶然出会ったイケメン。その男は離婚して間もなく、心の隙間を埋めようとしていた。誰でもいいとは言わないが、心の拠り所を探していたのだろう。昔、聞いたことがある。結婚直後、父は母が独身時代から住んでいた公団住宅に着の身着のままで転がり込んできた、と。つまりヒモのような存在だったのだ。やはり真相は確かめようがないが、偶然のタイミングが奇跡的に重なり合って産まれたのが私であることだけは、間違いない。

そんなものかもしれない、と思う。かくいう私も何故、伴侶として妻を選んだか？　私としては「彼女でなければ絶対にダメな理由」があったのだが、おそらく誰に話しても１００％は理解してもらえないだろう。同じように父と母にも、結婚後の壮絶な諍いなどゆめゆめ知らず、当時は「どうしても結婚したい理由」があったのだろうと思うのだ。

もう一つの家族——姉の遺言

その数日後、母が住んでいた家に出向き、一人で荷物の整理・確認をしていた。

私が自分の家の敷居を母に跨がせなかったように、私も母が最後に住んだ家に足を踏み入れるのは初めてだった。潔癖症だった母らしく、室内は完璧なまでに整理整頓され尽くしている。

その中で印象的な三品があった。

ひとつは額縁に入れて飾ってある、母親がひとりで早稲田大学の大隈講堂前で撮った記念写真だ。もうひとつは、早稲田大学の無料学内誌『早稲田ウィークリー』のスクラップ。毎週欠かさず取り寄せ、大切に保管していたようだった。

私が早稲田に合格し、進学の旨を伝えたときには「あ、そう」と極めてタンパクな反応を見せた母。しかし、私の知らないところで、大隈講堂前でひとりうれしそうに記念写真を撮り、本来無料の学内誌をわざわざ有料で取り寄せていた。内心では息子が名門大学に入学したことを誇りに思っていたのかもしれない。

思えばアル中の父の暴力に耐えかね、深夜にオムツを持って逃げまわった母の心情は察するに余りあり、彼女も多大な苦労をしていたのだと同情した。

涙腺が緩みかけた時、目に入ったのが三品目。これが最大の衝撃だった。腹違いの姉・久美から私に宛てられた、見たこともない手紙が何通も見つかったのだ。その母であり、父の前妻の宏美さんからも届いていた。


実は姉には、大学時代に手紙をもらっていたことがある。それは、小学生の女の子が好きな男の子に送るラブレターのような体裁で、封にはハート型のシールが貼られていた。

初めはとりとめもない内容で「普段はこんなテレビ番組を観ている」だとか、「福岡ではこんな食べ物が美味しいから遊びに来て」というものだったが、

「彼女はいるの？」

「今日は何をしていたの？」

「今度、一緒にディズニーランドに行きたいね」

「会いたくて仕方ない」


と、徐々に赤面するようなことが書かれるようになっていった。下宿先に異常な頻度で電話もかかってくるようになり、あくまで想像の範囲だが当時、姉は夫との関係が非常に険悪で別

居状態にあり、精神的に非常に不安定だったことが原因だと思う。

姉は夫と離婚前提で母親の元へ帰り、別居状態だった。そんな時期に姉の母、父の前妻である宏美さんから「旅費を出してあげるから遊びに来なさい。久美（姉）もあなたに会いたいと言っているわ」と猛烈な誘いを受けたので、その気持ちに応え1泊2日で福岡へ出向いたことがあった。

当然、人生で数回しかないであろう九州へ出向くのだから、どこか観光地でも巡って、地元の名物料理でも一緒に楽しむのかと思いきや、宏美さんは意外な行動に出た。空港に着いた私は余韻冷めぬまま、挨拶もそぞろ、速やかに迎えの車に乗せられ、宏美さんが運転する白いセルシオは猛スピードで福岡市郊外の自宅へ直行することになったのだ。

そこからは、まさに悪夢。10時間以上、豪邸の中でひたすら一方的に話しまくる宏美さんと、じっと私を見つめてくる姉の視線にさらされ、置物のようになっていた。亡き父の悪口や、自身のスナック経営での成功、税金逃れで自宅にカネを貯めこんでいること、「ヨゴレ」（ヤクザ）との付き合いがあることも聞かされた。

そして、何の脈略もなく突然、態度を豹変させ、こんなことを言い出したのだ。

「アンタ、ひょっとして○○（姉の夫の実家）から送られてきたスパイじゃないの？」

「は？」

「私は中洲のスナックで冷静に人を観察してきたオンナだ。ゴマカシは通用しない。どうもさっきからおかしいと思ったんだ」

「何を言ってるんですか？　僕を福岡まで呼んだのは宏美さんでしょう。何でそれがお姉さんの旦那さんの実家が送り込んだスパイになるんですか？　旦那さんの実家の方なんて、僕は会ったこともないですよ……」

「私を洗脳するようにアンタが仕向けたんだろ？　まったく悪知恵が働く子だ！」

支離滅裂で、話にならなかった。反論してケンカになりかけたところで、宏美さんが頻繁に口にする「ヨゴレ」（ヤクザ）の影がちらついた。

（一悶着起こせば無事に東京へ帰ることが困難になるかもしれない……）

そんな不安感が激情を抑え、致し方なく譲歩することにした。

「僕に配慮が足らなかったかもしれません。すみませんでした」

帰京後、「この二人と付き合うのは危険」と判断し、滅多に連絡を取らない実母にも経緯を話し、今後一切の交際を断ち、絶縁することにしたのだった。

変色した封筒を手に、そんなことを思い出す。手紙は開封されておらず、手つかずのままだった。数分間その場に立ちすくみ、深呼吸して考えた。福岡でのことを伝えていたこともあり、母は母なりの配慮で、私に手紙の存在を明かさなかったのだろう。渡すべきだという葛藤もあって、捨てることもできなかったのかもしれない。

（あの宏美さんのことだ。刺々しく、読めばKOされるようなキツい内容に違いない……）

中身を読みたい気持ちと、怖くて知りたくない気持ちが交錯したが、結局、高鳴る鼓動とともに封を切った。手が震え、封筒をキレイに切ることができない。やっとの思いで開いた姉からの手紙は、文体こそ稚拙だが、大学時代に受け取ったものとは違う、素朴な内容だった。

「私は大学には行っていません。正直に言うとグレていました。あなたも同じように大変だったのによく頑張りましたね」

「テレビの仕事をしているって聞きました。あなたが担当している番組は毎週、欠かさず録画していて、友だちにも勧めています」

「私には血を分けた兄弟はたった一人しかいません。立派な弟がいることを誇りに思っています」

「あなたと同じように、お父さんの思い出はいつもお酒を飲んでいたことばかりです。お父さんと同じようにお酒で体を壊さないよう、気を付けてくださいね。どうかお体だけは大切に」

「母があんなに酷いことを言って、あなたに謝りたいです」

意外だったのは、父が思春期の姉と文通をしていた事実だった。

「実は昔、恋愛のことで悩んでお母さんに相談できずにお父さんに手紙を送ったことがありました。お父さんは住所や電話番号は教えてくれませんでしたが、会社の所在地だけは教えてくれたので、そこへ手紙を送ってやりとりしていたんです。お父さんと一緒に暮らした期間は短かったけど、誠実に返事をくれました。今、読み返してみるととても印象深く、あなたにも読んでほしいので送ります」

父の手紙など私は読んだことがない。一体、どんな文章を書くのか？　興味津々で貪るように読んだ。

「あんなに小さかった久美ちゃん。公園で一緒に遊んだり、じゃれ合った記憶が懐かしい」

「宏美には本当に苦労を掛け、申し訳なく思っている。あの頃の俺は本当に馬鹿だった。あなたのお母さんは本当に強い人で尊敬しています。俺はどれだけ彼女に助けられたか分からない」

「俺はもう昔の俺じゃない。今は生まれ変わった気持ちで新しい家族を守り、プライドを持って真剣に毎日を生きている」

「久美ちゃんの弟も元気に育っています。でも、ごめんなさい。会わせることはどうしてもできません。許してください」

「恋愛は自由です。親が束縛するべきではありません。なので、久美ちゃんは自分の好きな人と一緒になって幸せな家庭を築いてほしい」

「こんな駄目な父親と会いたいと言ってくれる久美ちゃんの気持ちは本当に嬉しい。でも分かって下さい。今はどうしても無理です。でも、いつかどこかで再会できる日が来ることを信じています。お体だけはどうぞお大事に」


ワープロに慣れてしまった私は、たまに手書きの文章を書くと、まるで象形文字のようで自分ですら判読できない。読むのに時間はかかったが、父は達筆で、便箋が破けんばかりの筆圧で思いを伝えているように感じた。

書かれた年代（消印）から察するに、私が生まれ育った家庭にまだ由々しき事態が起こっていない時代に書かれたものだった。結局、父はまたしても家庭を崩壊させ、廃人のように無様に死んでいったのだが、元来は幸せな家庭を築く意思を間違いなく持っていたのだ。その一面が垣間見えただけで、私は満足していた。

そして、姉の母・宏美さんからの手紙。姉の字体・文体とは180度違い、辣腕スナック経営者ならではの達筆な毛筆が圧巻だった。

「久美は重い心の病に罹ってしまい、もはや廃人です。障害者認定も受けました。原因は不明ですが離婚した夫との間のトラウマが大きいようです。また、私にも責任はあります。私も久美には散々、苦労を掛けてきました……。

あなたのお父さんの酒癖と暴力に耐えかね、二束三文の状態で飛び出してから生きるために必死でした。中洲のスナックを成功させるために血の滲むような努力を重ねてきたのです。その反面、母親としては失格でした。久美には子どもの頃から見たくもないものを見せつけて心の傷を負わせてしまったと深く反省しております。

ただ、母親のことを恨んでいても、弟のあなたは、同じように親に苦しめられた境遇、痛みを分け合える存在として特別のようです。寝ているときに、うわ言のようにあなたの名前を呼びます。弟に会いたい、と。

あなたが担当しているテレビ番組は毎週、欠かさず録画して日記に感想をしたためていました。エンドロールに流れるあなたの名前を見つければ拍手して喜び、それを写真に撮ってそれを友だちに見せびらかしていました。『これが私の自慢の弟』と。正直、この子はもう長くないと思います。前にあなたが来たときに失礼があったことはお詫びします。当時、私も精神的に不安定だったのです。本当にごめんなさい。

あなたのお母さんにも、とても怒られました。当時は私も分別がなく逆上して口論になってしまいました。お母さんに対しても本当に申し訳なく思っています。許してください。お願いです。もう一度だけこの子に会いに福岡まで来てもらえませんか？」

知らなかった。死んだ母親が息子の名誉を守るために喧嘩をしていたなんて。姉が重い病に伏していたなんて。また福岡へ来てもらいたいと懇願されていたなんて……。

もう一通、手紙が届いており、それは姉の死を知らせるものだった。消印から既にもう何年も経過していた。

「何でだよ……」

居ても起ってもいられず、福岡の宏美さんに電話をかけたが、番号はすでに存在しなかった。手紙を送ったが返信はなく、九州の知人に頼んで現地を確認してもらったが、かつて私が訪問した豪邸の場所は更地になっていた。これでもう、生存すら確認することもできない。私はいくつ、決して解き明かせない謎を抱えなければならないのだろう。

そもそも初めて福岡に出向いたとき、なぜ宏美さんは私に八つ当たりをしたのか。なぜ姉は私に異常な感情をいだいたのか。そして、どうして私はいつも人間関係にしこりを残してしまうのか……。

許す力――いつか時間が解決してくれる

後悔しても取り戻せない日々。結局、両親とも血を分けたたった一人の姉とも、本音で語り、分かり合うことができぬまま、皆惨めに死んでしまった。私がもっと広い心を持っていれば、不幸な結末は一つでも避けられたのだろうか。

やり切れない思い。こんなとき、私は救いを求めて書店に出向き、答えを導いてくれそうな本を探すことが多い。そして一冊の本が偶然、目に留まった。

『悪女の涙　福田和子の逃亡十五年』（著者：佐木隆三）

福田和子といえば、母親とイメージがダブって仕方なかった犯罪者だ。整形を繰り返し、15

年もの間逃亡した日本犯罪史上、稀代の女殺人犯。映画『復讐するは我にあり』の原作者である佐木隆三氏が刑務所へ出向き、度重なる面会も敢行した上で事件の真相に肉薄する渾身のルポタージュだ。

周知の通り、福田和子は1982年に同僚ホステスを殺害後に逃亡。整形を繰り返し、顔を変えながら全国各地で出会った男と昵懇となり、翻弄しながら転々としたとされている。マスコミの報道を通じて「嘘と虚飾で塗り固められた人生。言葉巧みに男を次々に籠絡した稀代の悪女」というイメージが一般的に定着した。私も当時、その表面的な部分を鵜呑みにし、嘘と虚飾、それに金銭トラブルの部分だけを持って自分の母親と重ねて見てしまっていた。

しかし、読んでみてそのイメージは見事に覆されてしまった。その本の内容が最も真実に近い内容だとすれば、ワイドショー、週刊誌の報道がいかに恣意的で欺瞞に満ちたものか痛感させられた。それによって彼女が犯した罪が擁護されるものでは決してないが、とにかく本で描かれている福田和子の人となり、その実像があまりにもそれまでマスコミが作り上げてきたイメージとかけ離れているのだ。

佐木氏の取材によれば、福田が逃亡先で出会った人々、スナックの客、ママ、住み込みホテルの従業員、深い関係になった男たち、内縁の妻として潜入し、事件をきっかけに信用を失墜させてしまった有名老舗和菓子店の社長……その誰も彼もが、殺人犯の彼女を悪く言わない。それどころか人柄や働きぶりを高く評価しているのだ。

本書において最も衝撃だったのが、法廷における息子の証言だった。

「母が犯した罪は、どうしようもない。でも僕にとっては大好きな尊敬できる母です。被害者や遺族には大変、申し訳なく思っています。罪を償ったらまた一緒に住みます」

殺人犯の子どもとしてマスコミの餌食になり、生き恥を晒して法廷に立たされているというのに、これだけのことを堂々と裁判の場で言う覚悟は計り知れないものがある。もし私が同じ立場で法廷に立たされたとしたら、「死刑になって罪を償ってもらいたい」と言っていたはずだ。

その息子は恋愛結婚をする時にも、相手の女性に母親が殺人犯であることを正直に告白し、驚いたことに逃亡中の母親と引き合わせたという。「大好きな自分の母親だ」と。また、自身が会社を起業する際には正直に母親のことを従業員に話し、母親に対する恨み言は一切、口にしなかったそうだ。

「許す力」とは、ここまで偉大なものなのだろうか。

私の両親はなぜ、諍いが絶えなかったか。何がきっかけで関係が悪化したのか。父が酒に走った本当の原因は何だったのか。タカハシさんの前で流した涙の意味とは。母はなぜ、離婚歴を知っていながら父との結婚を決意できたのか。気性が荒くなった原因は。

母が私に「オマエは好きで生まれた子どもじゃない」と言い放った理由は。

ゴトウ社長が私を、社員たちを裏切って高飛びしようとした理由は。

いくら考えても、答えは出ない――それでいい、と思えた。問題は、自分自身が「許す」ことができるかどうかだったのだ。もちろん、私は一方的な被害者として生きてきたわけではない。犯罪行為も、人に対する裏切りも含めて、私の告白は許されるべきものではないだろう。ただどれだけ言葉を尽くしても、正確なところは理解されるはずもない。だからといって、必要以上に自分を取り繕って、理解を求めるのは間違っているのではないか、と思うのだ。

昔から「許せない」と何万回も憤ってきた。元来、両親譲りの短気な性格で、日常的に些細な事で腹を立て、当然実行に移さないまでも、人に対して「殺してやりたい」という思いを持ったことだって何度もある。

しかし、対外的には仮面を被り、その感情をストレートに発散することなく強引に内面に留めることが多いため、余計にストレスを感じてきた。そして、数年に一度はその貯め込んだストレスが一気に爆発し、時には乱闘騒ぎまで起こしてしまうのだ。

職場の上司に対する「許せない」という感情など日常茶飯事、氷山の一角だ。取引先顧客の理不尽さ、買い物やレストランで店員の応対が悪い、問い合わせした際に電話応対が悪い、鼓膜を刺激するようなガチャ切りをする電話の相手、隣でくちゃくちゃ音を立てて食べている人間、電車の中でヘッドホンから漏れ聞こえる大音量の音楽、マナーの悪いドライバー……自分のことは棚に上げ、いつも殺伐としている。

「チッ！」

愛する妻にさえ、腹が立つことがあればすぐに舌打ちをし、路上につばを吐きもした。血がそうさせるのか、自分は他の人よりも過剰に腹を立て、周囲との不要な軋轢を起こしてきたように思う。それどころか、「許せない」「怒る」という感覚を美徳のようにポジティブにも捉えてすらいた。YESマンばかりのつまらない世の中で筋の通らないこと、理不尽なことに徹底的に反抗し、闘うべきだと。

血気盛んな20代の頃は、「復讐」というものをよく企て、時には実行してきた。その結果、相手を打ち負かして溜飲を下げたこともあるが、反撃に遭いボロ雑巾のようにされたこともある。膨大な時間とエネルギーを費やし、疲弊しているだけだった。

しかし、リセットを繰り返し、自省し、ゼロからリスタートし続ける人生の中で、いつしか人を恨み、「復讐してやろう」などという気は失せていった。AD時代、理不尽な仕打ちをされた人からフェイスブックの友だち申請が来て、思わず懐かしさから「久しぶりに会って、昔話に花を咲かせたいですね」と返信してしまったものだ。

いつか、時間が解決してくれる。

人間は理屈だけでは動かない生き物だ。トラブルの発端が単なる感情論であるならば、放っておけばいずれ時間が感情をなだめてくれる。自己矛盾、理不尽は仕方ない。偶然出くわした断片的な部分だけを捉まえて激高してはいけないのだ。

広い心で考えれば、人間誰もがそこまで悪いヤツではない。ましてや血のつながった家族のことを、なぜ許すことができなかったのか。

亡き父母、姉、そして最愛の妻と娘へ

両親の墓前で、妻が言う。

「あのさ、あなたってホント、家の外では本音を話さない人よね。お義母さんが亡くなったときも顔色一つ変えなかったし。私以外の人の前で感情の起伏をほとんど見たことない。きっと生まれ育った環境がそうさせちゃったのだろうけど……でも、もういいんじゃない？　あなたを苦しめたお義父さんもお義母さんも、もうこの世に居ない。何も強がることなんてない。飾りを捨てて、弱さを曝け出したっていいのよ。そもそも、私と出会うまでのことなんてほとん

ど話してくれないじゃない？」

確かにその通りだった。私は家から一歩出ると、素顔や本音を滅多に出さない。仮面を被り、喜怒哀楽をひた隠しにして生きてきた。仕事では道化師となり、お笑いタレントのごとくバカを演じたこともある。どれだけ辛いことがあっても弱音を吐かず、強い自分を演じてきた。親が死んだときですら、本当に涙一つ出さなかった。

今、両親の墓を目の前に、妻が本音でぶつかってきている。それなのに男の私が胸の内を語らないのは恥ずべきことではないか。もう、いいだろう。父も母も伯父も姉も皆、死んでしまった。過去と決別して殻を破るときが来たのだ。

私は仮面を外した。


「『人間万事塞翁が馬』って故事成語、昔、学校で習わなかった？　人生における幸不幸は予測しがたい。幸せが不幸に、不幸が幸せにいつ転じるか分からない。だから安易に悲しんで悲観的になるべきではないって……」

「私、こう見えても文学部を出てるのよ。もちろん知っているわ」

「その言葉の意味、今ようやく理解した気がする。色々あったけど……今、オレは確実に幸せだ。健康で、愛しい家族が居て、仕事がある。きちんと毎日、食べることができてる。それって、過去の不幸があって初めて成り立っている気がするんだ」

「……」

「昔は悪いことも散々やってきたけど……今は極力、キレイに生きているつもり」

「私と出会うまで、そんな悪いことしてきたの？」

「もう過去のことだけど、いつか話すよ。今の家庭にはまったく関係ない話だ」

「そう……」

「それと母親のヒステリーにも散々、苦しめられたなぁ。真夜中だろうがお構いなく奇声、金切り声を狭い家の中で上げてさ、そんなの子どもの頃からずっと見せつけられてきたから、自分が築いた家庭では絶対に癇癪なんて起こそうと思わない。父親のＤＶも目撃していたから、家族に暴力振るうなんて信じられないよ」

「ご両親が反面教師になってくれたんじゃない？」

「そういうことなんだなぁ。親父は酒とオンナとギャンブルに溺れて、イヤなものいっぱい目に焼き付けられた。だから自分は記憶をなくすほど飲むことなんてないし、パチンコ・麻雀・競馬……ギャンブルには一切興味が湧かない。そもそも一度もやったことがない。そう言えば、いつか親父が愛人と交通事故起こしてさ、額が割れて、血まみれになって家に帰ってきたことあったよ。あのときは本当に大変だったなぁ。そんなのを見てるからオレはオマエさえいれば別に愛人が欲しいとも思わない」

「それはどうかしら（笑）」
「結局、血には逆らえないよ。容姿が母親に、嗜好が父親に似ているのは必然なんだね。その両親の血がこうして一生涯全身を駆け巡って、物事の判断基準になっている。結果、オレは今、幸せなわけで。ってことは、ずっとずっと恨んできたけど、叔父さんが言う通りやっぱり感謝しなきゃ、許してやらなきゃいけないのかなって」

そのとき、叔父さんが子どもの頃によく私に言い聞かせていた、ごくありふれた言葉が脳裏に浮かんだ。

「若い頃の苦労は、買ってでもしなさい」

そうか。その苦労が血となり、肉となって今日の平穏な日常に結実しているのだ。

「あなた、変わったわね。前ならお義父さん、お義母さんのこと『許す』なんて言えなかったと思う。私はこの先、何があってもあなたの味方、許してあげるから。だからご両親のことも許してあげて、ね？」
「ああ……」

〝何があっても私はあなたを許してあげる〟という妻の言葉。それが、忌まわしい何もかもを水に流してくれた気がした。

「お姉ちゃんにも悪いことしたなぁ。つまらない意地を張らないで、自分がバカになって許していればこんなことにはならなかったのかもしれない。ずっとずっと一人っ子と信じて、実は兄弟がいたってこと知ったときは本当に嬉しくて、嬉しくてさ……。姉ちゃんが前向きに生きる勇気をくれたんだ。一人っ子って、ホントに淋しいものなんだよ」

「だから、この子（娘）も一人っ子じゃ可哀そうじゃない？」

「そうだな。妹か、弟がほしい人？」

「ハァ〜イ」

意味も分からず、手を挙げて答える無邪気な娘。

「ようやく分かった。自分がこれまでどうして心の底から幸せを実感できなかったのかって。歩いていても、車を運転していても、風呂に入っているときも、四六時中どうしても思い出しちゃうんだ。過去のトラウマってやつ。『あんなヤツにこんなこと言われた』『自分は悪くないのにアイツのせいでこんなひどい目に遭った』『アイツにハメられて裏切られた』って。で、そのトラウマの象徴が両親への恨み、憎しみ、怒りで。どうしても許せなかったんだ。終いには殺意まで……。その負のパワーが結局、ストレスになって、前向きに生きる素直な気持ちを減退させていた」

「罪を憎んで、人を憎まずって言うじゃない？」

「うん。憎しみからは何も生まれないんだな。やっぱり、オマエはオレにとって最高のパートナーだよ。結婚して本当によかったと思う。許すことでこんなに気持ちがラクになるなんてさ……それを教えてくれたのはオマエと叔父さんだ」

「叔父さんにもまた今度、会ってお礼言わなきゃね！」

「そうだな」

「最後にもう一度、お義父さんとお義母さんに拝んでから帰ろうよ。これまで言えなかった気持ち、正直に伝えてみれば？」

「うん」

目を閉じ、手を合わせた。母がアルバムにしたためた山上憶良の和歌が自然と浮かぶ。

「銀（しろがね）も金（くがね）も玉も　なにせむに　優（まさ）れる宝　子にしかめやも」

（金銀財宝は子宝には及ばない、子宝が一番の宝）

「お父さん、お母さん。僕を生んでくれてありがとう。心から感謝してます」

早稲田を出ても、バカはバカ。こんなに簡単なことに気付かずに、目の前のことに翻弄され、人に傷つき、人を傷つけてきた。そんなことはもう、終わりにしよう。バカはバカなりに、これから死ぬまで、一生懸命胸を張って生きていこうと思う。

エピローグ

本書では、これまでの人生の旅路をありのまま、赤裸々に振り返りました。

傷つけ、迷惑をかけた人たちのことを考えると無責任かもしれませんが、今思えばすべての経験が血肉となり、財産になっていると思います。少なくとも、自分が自分自身に課し、自分の責任において経験してきた「苦労」が、現在の自分を突き動かす原動力になっていることは間違いありません。


ここまで書いてきたように、私が人生のどん底からはい上がるために初めて取り組んだプロジェクトが「早稲田大学入学」でした。それを叶えると、在学中から無我夢中でカネを求め、働き続けました。大学に入って本来学ぶべきことは、他にあったはずです。それが分からない「バカ」なままの私は、社会に出てもブラックな道を歩き続けたのです。

そして迎えた２０１１年3月11日、「以前とは違う優雅な生活」を誇示するようにかき集めたモノはすべて失い、また大変な社会情勢のなかで、以前なら少しは役立ったかもしれない「学歴」は、いよいよ本当に何の役にも立たない無用の長物と化しました。

今の自分に残っているモノは何なのだろう、と考えます。

それは「家族」だけでした。

「長生きなんてしたいとも思わない。そもそも、こんな生き方じゃ長くは生きられないだろう。その日暮らしを受け容れて、ただ周りに負けないように走り続けるんだ」

独身の当時は、そんな気分で刹那的に生きていました。腹をくくった「バカ」が生み出すパワーはそれなりのもので、周囲から評価を受けたこともあります。ところが、結婚して子どもが生まれ、慎ましいながらも家庭を築くと、大きな異変が生じました。

「この家族を守るために、自分は早死にするわけにはいかない。できるだけ長く生きて、家族との時間を共有しなければ」

大の字に寝転がり、つきたてのお餅か、剥きたてのゆで卵のような娘の肌に口づけをする時間が至福の時となり、家庭を持つ幸せを享受する日々。人を恨み、人を傷つけた過去の愚かしさが身にしみています。赤ん坊の時の記憶などありませんが、最低だと思っていた私の両親もきっとそうだったのだと、今にして思えるのです。

両親だけでなく、周囲の「人」に対する計り知れない感謝の気持ちを今、遅まきながら噛みしめています。ブラックと思い続けてきた会社の中も、貴重な出会いは少なくありませんでした。テレビプロデューサーからはやりきれない現実でも直視し、ビジネスに利用する強かさを学び、アタマの回転が抜群に早い風俗社長からの恐るべき経営手腕に魅せられたことも、偽らざるところです。不動産会社の幹部が教えてくれた熱い絆と「徳」の重ね方、成長著しいベンチャー企業から学んだケタ外れの成長意欲も、今の私を支える土台になっています。そして、本文にも書きましたが、ブラック家庭の闇から救いだしてくれた親類の方々の温情には感謝の言葉もありません。

本書を書き終え、人生の中間決算を終えた今、人に言えず心のうちに溜まっていたすべての毒素を吐き出すことができたような、とてもすがすがしい気持ちです。

「バカ」は死ななきゃ治らない、と言いますが、治すべきバカと、必ずしもそうでないバカがあるように思います。つまらない過去にこだわり、人を人とも思わず、即物的な快楽に身を委ねるような「バカさ」は、クスリとともに体の外に追い出したつもりです。しかし、早稲田を目指した当時の自分のように、無我夢中で、ガムシャラに、目標に向かい続けた「バカさ」は、その向かう先を変えながら、持ち続けたいと思うのです。私は今、家族のためにこそバカになりたい。

そしていつか、両親の墓前で本当に胸を張って言えるようになりたいと思います。

つまり、「バカはバカのままだけれど、私は変わりました」と。

[著者プロフィール]
円山嚆矢（まるやま・こうし）
早稲田大卒。テレビ番組制作、風俗スカウト、風俗店長、AV女優マネージャー、不動産業、ヘッドハンター・・・大学卒業後、9年間の間に14職種を経験。2015年4月に自費出版した電子書籍『早稲田出ててもバカはバカ』がamazon（kindle）ノンフィクション部門で2位を獲得し、話題となる。本書はそのリメーク版。

teranishi.bmcompany@gmail.com

早稲田出ててもバカはバカ

発行日　2015年10月10日

著　者　円山嚆矢
発行者　木本敬巳
発行所　ぴあ株式会社
〒150-0011
東京都渋谷区東1-2-20
渋谷ファーストタワー
03-5774-5267（編集）
03-5774-5248（販売）
装　丁　金井久幸［TwoThree］
撮　影　Yuma Yamashita
モデル　岩田量自
編　集　知野美紀子
印刷・製本　中央精版印刷株式会社

ISBN 978-4-8356-2846-2